Phrases in Play
by
Zhang Er

句本运动

张 尔 著

华东师范大学出版社

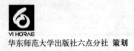

华东师范大学出版社六点分社 策划

目录

造句集 ------- 1

造句 ------- 3

虹桥速写 ------- 5

交通协奏曲 ------- 7

八卦岭札记 ------- 8

隧道之歌 ------- 10

电流之歌 ------- 12

布吉河小夜曲 ------- 14

另一天 ------- 16

菊江旧事 ------- 18

空城纪,法诺酒吧 ------- 20

法诺吧之二,非虚构 ------- 22

幽径 ------- 24

半日谈 ------- 25

我们 ------- 26

依旧 ------- 28

巴黎写真 ------- 30

阴影也从我们身边经过········ 32

鹿········ 34

现实········ 35

飞地········ 36

别出的秘密········ 37

雨夜·野趣········ 38

怀古诗········ 39

酒馆私信········ 41

穿过········ 42

街区········ 44

新闻诗········ 46

流离········ 48

器官气候症········ 50

梦中的中年派········ 51

别京城········ 53

寄海南········ 55

忆永嘉········ 57

悲欢颂········ 59

模拟场,乐园路········ 61

镜中诗········ 62

蒙太奇,公园旧事········ 63

慢镜头,湖贝路········ 65

去中原已近小雪········ 67

癸巳年入冬，雨中作········ 68

癸巳年岁末，大寒········ 69

波士顿晨曲········ 70

距离········ 71

而你········ 72

雪中的国度········ 73

灰色的········ 74

季夏月中与太阿骑虎入洞背会文波、
　灿然、乐天诸友········ 76

言语的脸庞········ 79

秋浦歌········ 81

一种声音········ 82

契约········ 84

冬夜旅人········ 86

灰雀观········ 88

黑色森林········ 90

牧马人········ 92

黑鸟········ 94

追忆········ 95

有一次在湖畔········ 97

湖········ 98

回印第安湖········ 100

雕刻········ 102

美剧片段：旅馆········ 104

美剧片段：医院········ 108

美剧片段：寄信········ 110

美剧片段：神学聚会········ 112

美国之音········ 114

雕像········ 118

夜饮········ 120

除夕········ 121

变速器········ 122

波澜微惊的地方········ 123

雨中剧········ 124

无邪诗········ 125

接木诗········ 127

教育········ 129

我们之中········ 132

榕树下，忆故人········ 136

失火········ 138

暴雨········ 139

鸟经········ 140

纸牌游戏········ 141

玩具﹍﹍﹍142

壮游图﹍﹍﹍145

之一﹍﹍﹍147
之二﹍﹍﹍149
之三﹍﹍﹍151
之四﹍﹍﹍153
之五﹍﹍﹍155
之六﹍﹍﹍157
之七﹍﹍﹍159
之八﹍﹍﹍161
之九﹍﹍﹍163
之十﹍﹍﹍165
之十一﹍﹍﹍167
之十二﹍﹍﹍169
之十四﹍﹍﹍171
之十五﹍﹍﹍173
之十六﹍﹍﹍175
之十七﹍﹍﹍177
之十八﹍﹍﹍179
之十九﹍﹍﹍181
之二十﹍﹍﹍183

之二十一 ……… 185

之二十二 ……… 187

之二十三 ……… 189

之二十四 ……… 191

之二十五 ……… 193

之二十六 ……… 195

之二十七 ……… 197

之二十八 ……… 199

之三十 ……… 201

之三十一 ……… 203

之三十二 ……… 205

之三十三 ……… 207

之三十四 ……… 209

短剧 ……… 211

造 句 集

造句

柴门朝暮闭阖,反扣栓锁的双唇
任窗幔拉紧无轨独奏
幽暗尽头里一熄台灯星点孱弱鬼光
燃死的烟头云喷魔幻

垒成一座词的拱形墓
浓雾淋合,从眼角逼泪逼供造句
他脱下踢腿的缝纫镜边
晨昏中,使一枚银钱颠倒占卜

口服药剂口含的反对,
听服于不辞辩驳的绝对
和衣合被,扮半枯冷山
长眠于朽木的床板的片刻

他一翻身,遂引来父亲夜半敲门训呵
受洗于他拧紧的真理发条,
有机的脊背虚晃出一鼓坚韧耳膜

—纵深谷被病变瓦蓝捅破

2014

虹桥速写

虹桥，内环弯道尽头消失的路牌
将天空切割成自然的不等
优步驾驶员手脚迟钝，费解于
那导航仪深幽处
患丑闻的明星娇嗲地播报
间或走调的广告
手握环球时报的外地客
手心处，捏出了一坨湿汗
他拧紧报纸的北朝鲜，透过车窗
目瞪正前方一架美国牧马人
猝爆的轮胎将公路积尘悠长地扬起
目测那土制的硝烟必将平行于
隔音带阻拦的市民楼
旧式防盗窗上，横竖飘挂着
印花睡裤和条纹衬衫
伊拉上海人口含妙语的花腔
正从阳台旁架起一只天文望远镜：
来自那高架桥纵深处，迎面

两辆和谐号车厢,像两只
误点的贪吃蛇,娓娓吞噬跨省的铁轨
蓝天下,大上海形同远航的搬运机
斜升起一架意志的空客
气流的颠簸一过,三两妙龄空乘
频频紫霞的微笑,尽兴地
摊派澎湃的果汁
与老闸北弄堂的美餐

2017

交通协奏曲

昼夜冷暖,声波挑动星辰协奏
大地的地毯横陈轻工业,收拢你
赤脚踩踏木楼的区区片刻与苦心
橡胶撩街道,齿轮戏轴承

灰烬纵情弹跳,身手之快如琴键闪屏
霓虹,汇入涌动的洪流
摇曳的尾影,丈量一尺微微轻喜剧
那微型老爷车,迟钝地驶出马萨诸塞州

人货皮卡斜拖一架宇宙帆船
度白人繁复的长假,冒黑烟喷嚏如卷发
你旋转下楼,拣起越洋联邦快递
一摞层叠的书卷,诗经般
砌成一座十字架。萨莫维尔 T 字街口
垃圾装卸车缓缓吞吐雷雨的警笛

2017

八卦岭札记

每天，工业区的青年才俊们
乘坐观光电梯
挤入卡机鸣奏的云雀中上下运行

透过雨露冲刷的茶色玻璃，世界
形如一枚哲学吊钟
它激进的钟摆

每撞击一次，阳光
便趁势嵌入大地的针缝
直至，天际吐露虎牙

人亦如虎，一副形意拳，也呼啸着
将教育击溃成折损的书卷
残页的毛边

篮球架下，那个马尾激荡的美少女
侧过胸脯，她颀长但保守主义的两腿

依旧秉持着,永恒

且神秘的尺度。看呐,从少年手中
脱单的皮球,正往那泥泞的车顶
充足地泄气,颓败地回旋

2017

隧道之歌

深夜,动荡的电影就此谢幕
海水不安地掀翻银屏

自那剧院一角倾泻
浪花耽于沉痛,击打我们的额头

这已然皱褶的前额,层叠着剧中人
过往的悲伤

自冗长的地下隧道传来一阵布鲁斯幽怨的哀歌
甬道深处,一只野狗独自承受意外的法则

倘若,你我仍将持续这缓慢的
来自不规则地表以下的任意不幸或灾难

我们亦将必屈从于那一切非自然的
不公与溃败。彼此将叹息

接受且应允水之逆行,并由此
更进一层,以舒展自我的眉宇及他者的内心

敌我将秉承于一种所谓原则的唯一性
慢且摇慢镜头,回眸

一瞥隧道粘连的两座相邻但平行的街区
遍寻那滞留于旧城的流浪者

沉睡中头枕一支饮尽的农夫山泉
它扁塌的瓶口正风化出点点大海的盐斑

2017

电流之歌

那些陌生的，那你曾行走
而依旧陌生的路
那伐去了树枝，折断枝条
将星夜绷成一道
旋转抛物弧的路
那沾满晨露与霜泪
弯曲着，心也跟向迂回
且似离弦般人潮澎湃的路
在那里，终于你们一日汇聚

你手握回形针
在你转而熟悉的畔山
夹紧你们的手，手指
与手指勾绊，牵连
卷曲之舌如法式甜饼
酥软，松脆，像挑唆
你们年龄的味蕾，挑逗
体内一亿根茎脉的电流彼此

它们拉紧转速冲向头顶
直至横发竖成了针叶林万千

2015

布吉河小夜曲

黄昏,河道阻隔着灰雨和铁路
电线收拢密集的白昼,云层渐黯
直至被无边的沉寂囫囵吞咽
仿佛身陷另一座伪大陆

有人在对岸冥想、慢跑
保持着孤立者羞耻的尺度
然后,是更为长久地斡旋
像夜色之下,一匹失踪的金毛斜翘起后足

几辆彩虹摩拜,驶出废弃的木柴加工厂
由远及近,驮起翩翩顺从的经济
雨后河水加速湍急
徒留共享的节奏和化学

捕鱼客从怀中掏出探照灯,果断地瞄准
桥拱下,那受惊的白鹭瞬间划出
一道紧急抛物弧

他怀孕的妻子倚身栅栏，俯看

鱼篓的盛宴，赤脚孩童
手举染毒的病鱼争相合影
三角岛上，情人们趁黑偷吻
肢体仓促的忸怩，形似蹩脚的探戈

夜幕污浊而令人警醒
雨滴洗濯脱钙的城市与楼群
绿皮火车口衔大地暴露的铁轨
隆隆噪音犁开一曲隐匿的休止符

2017

另一天

另一天,我们

拖着疲累的身躯在岸边踱步

河水罕有地摆脱了浑浊

沿着徐风,向一种不可预见的命运低处

流淌。斜阳下

水面泛起零星微漾的波光

跟随细碎的步伐迟缓游动,那间或的节奏

像衰老的白马激越地抖动它脊背上的鬃发

万物因缓慢而至清晰

流水里,从前的鱼迹已然隐身

仿佛一众人等暗地藏匿了姓名

在清风与透明的水中

活着,但头箍遁形的面具

河道上方,晚点的火车犹如一头骤醒的雄狮

奋力地加速着与铁轨的摩擦运动

倘若此刻,世界陷入另一可能

——一种萧条乃至停顿

我们,将也不得不止步不前

以被动的,或遭受某种胁迫的姿态
重新观看,这条必经的
人类的流域。耳际
将回荡一类反向的图景
一枚自由主义的石子,将不以
既有的规律为必要之前提
模糊地,从加速度中侥幸跳脱、下坠
直至,坠入一次虚构的
逆反的深渊

2017

菊江旧事

黎明,太阳的肖像被画入

一页惨白的裸纸,一张颓废之脸

暗中倒退,万物倒退

逆向星球反转的冰寒一际

教室旧址传来遗物的坍塌声

书本被合上,脑海翻腾

历史教师拆卸下残缺的课桌

笨重的纪律胜似一记政治的耳光

　　　　照准那顽劣的臀部……

从纺织厂到化工厂

游行队伍鱼贯而入

　　　　　　　　一面数学湖

镜中往事背对着天空

太公俯身收拾起鱼篓

将杯酒倒进宿醉的湖水

县城电影院环形舞台上

赫留金拼劲气力奋力追赶

一只恼人的幼狗

那少年他脱下狗头套,额上

汗湿了一片物理电路图

繁体的规训与教条

在满屏银幕上手绘化学分子式

先进集体中的一员,落日

将他瘦削的身姿无情地压扁

他横亘在夏季操场上独占军姿的鳌头

一个晦暗年代的摸黑夜间

水上派出所巨型探照灯

将整个江面挑燃,亮光映透

晚自习的逃学之路

男生们身着粗腿黄军裤

握紧铁环的控制杆在大堤上纵横群殴

岸旁,渔夫往江水中打捞着沉船

随手将死去的鱼虾

倒挂上防护林枯槁的树杈

透过枝条的缝隙,湖泊上升起一枚

褪色的残月如消逝的钩

如那消逝的永不回

2017

空城纪,法诺酒吧

给王顷

它藏身城中的某个角落
当月色如灰,如果潜在的神
伸手将电缆运送的光芒遮蔽
世界则晦暗如初

再过一天,你的开封与抑郁
将裸露于坦白的墙壁
人群会趋之若鹜
彼此如约、寒暄,继而虔诚地

瞻仰一幅幅家园枯朽的零件
瞬间,也会为一种失传的仪式
消费美学的合理账单
徘徊于你暗房里失控的药水,检验

那在积淀的时间中添加或去除的
某种无形小概率

于是我们煞有介事,自然地
开启燕麦黑啤与法诺玫瑰

在"明媚"的光影中买醉,果断地
去遭遇另一次"难忘"和"入迷"
夜深路长啊,女士们必然起先离席
但不朽的座椅仍旧是老而弥坚

酒局的言辞挥洒,仿佛你空旷广场上
吞吐的喷泉,好像秘密已尽然其间
然那尚未说出或永难启齿的,我们
彼此还将守口如瓶,

一如守住另一座假想的空城?

2017

法诺吧之二,非虚构

地图将我们指向一个乌有的去处
熟悉即是陌生,如此,
也意味着此刻,你我的面对
并非出于某种偶然,于是你反复提及
"机缘"——这大地上仅存的一枚生冷的词语
正泄露出它宿命般暗器的前奏
落地扇前,伪装的蜡烛
混淆着黑暗中的光明,电流
忽而迎风水逆,将虚拟逼向无限的真实
但真相是,户外的酒桌上
当你穿透玻璃,怒目相视那
集会的人群,就像他们中的一员女性
恰巧,也正投来魅惑的眼神
现实诡谲,仿佛世道已令人丧失了耻辱
有人因贪杯而沉沉睡去
将天地抡起且驯服于它之方圆的晕眩
饮尽这最后一滴掺拌的甜蜜
我们亦将分手,告别,有意无意地

遗失彼此尚未道出的惊叹与犹疑
依旧是肃清信仰恩赐的地图,我
默送你离开,将你消退的身影
反复折进良夜苦短的深处
路之尽头,一切还将继续?
一切或将逝去

2017

幽径

雨中的露台将风景嵌入一面
立体的玻璃镜
落地窗前,时间忍受虚无的清算
万物遁形,笼中之鸟徐徐忆起它曾
飞越的往昔,萧瑟里
滴泪,巨大的雨幕
将小径分割且淹没
活着,并反复地
经受这羞耻,经受
这羞耻

2017

半日谈

骤烫的车轮沿着江边高速
将车灯喷向灰霾的建筑
仪表拉响逆风警报
如果没记错,下一个桥墩
又一轮急转将迈过飞鱼机场
　　　　　　风光的无限
你拨开镜片,揉摁眼底粘连的海市蜃楼
右眉轻扬,恰巧接续上那里乌有的
翩翩鸟翅般的唇翘
此刻,电动车窗徐徐摇落
升起探戈的羽毛两瓣
精致的玻璃裸露着你们
蹊跷但也完美地嬉笑

2015

我们

我们从原路折返,沿着
黎明与路灯交织的暧昧之光
向着又一股深渊挺进,
天空灰霾密布
环卫工人拖起颓废的铁铲,
金属刮擦大地的嘶哑分贝
自沥青迸射而出,萎靡的热带植被
低垂惊愕的锯齿

尚有另一条路存在且通向
霞光漫涨的山巅
暮色贴紧海的前额,
群鸥扑向层层波浪起伏的皱褶
迟航的万吨巨轮卸下包裹,
将膝盖锚进冷酷的深水区,试探着
大海与天空对仗的无尽渊底,
那里潜伏成群的暗礁与水母

两只猛虎在笼中博弈，
一头战胜了一只
围观者反复涂拭沾满手指的血迹，
我们——
这集体中的一员，
沉默并屈从于权力的恫吓与威慑
身体失衡的重心企图触探
一架振翅的宇宙飞船

没有尽头，丧失的尽头，
没有丧失的一切尽头……
我们，仍旧沿着迷航的原路
折返终点的起点
每天清晨，大地浑沦沉睡，
立法者为天空描绘
矿物火红的云霓，正是自那
一如仪器般精密精致的一端

一头猛兽骁勇旁出但我们并不曾听闻

2015

依旧

即使相逢间取暖也依旧唇齿冰寒

当万物深陷宇宙黑色深渊的一瞬
也依旧提起一盏孤灯
你的车轮碾过锐利城市缥渺公园
芳香且呛杂着橡胶与尾烟的浓烈
你们在暗房冲洗相片
将簇新的某张高高挂起逼向坠落
坠向冰凌告急的悬挂如你的发卡
你黑色的发瀑被紧束
被拧散,像束紧时间发条的指针
倏然倒转,像记忆逃脱无边苦海
那失眠的孤盏近前你们相拥,吻
涕哭,吻,你们吻绿茶之杯,之
边缘,吻隔夜的唇痕你们仍哭泣
依旧是夜半兀自扣摁键盘的一刻
银镯暗涌黑色的病斑
那些无端由病变阻隔的蹉跎往昔

经由电路删除格式的词语与日历
那些痛逝的时间之殇
侥幸由诗来完全地储存它之魂魄
它之不幸。闭阖的楼群不为所动
气流起伏,你爬上了你们的肩膀
趴向那凝固的骨头与骨头的裂隙
之间,埋头,叹息,动容,哭泣
紧闭的道路于是为你洞开,于是
你看见,大地上有你的一枚华发
蜿蜒如你们要奔命匍匐而行的路
那细如发丝之路你们终将要踩踏
依旧如履坚冰,如有原始的诱惑
你们依旧,一如唇齿冰寒的从前

2015

巴黎写真

给蒋浩

有那么一阵,你我
绝非因年龄之错
仍肯轻信镜头的理论
你捕获的风影虽然纯粹,但也憔悴
貌似政治揭发了通奸
实乃权力失算了胶片
你快门中的桥,终究还是塌了
那囿于形式的铁锁,因为
漫天锈迹而腐蚀了空气
那河中丽影,也拧成一股倏变的漩涡
将我们轮番吞没
世界就这般变了
诗,这现实的敌对者
则扬言誓将我等同行的巴黎
掴向历史,一个远景中的上世纪
论忠诚,不如左岸风吹垂柳
大树之下好遮阴

论摄影,索性还是索尼

东瀛则近,成像更宜东方人的模板

那日,你独身去巴黎幽巷里

翻淘二手的手信与书籍

是何等机智、英明,与果断

再过几年,假使风水又转来了风情

我再邀你做一回预言生计的照相师

任你将旅行设计成封面

只要你姑且还情愿

2015—2016

阴影也从我们身边经过*

为尼古拉·马兹洛夫而作

进入弧形畔山高架疾速弯道的防爆车膜
力透反常的反季节之光,窥见海洋公园
面北的看台上,人头攒动,海豚腾空。
    世界滑稽的默剧
湮没了整面苦海。车厢内,两座共和国
继续沿经海水墨蓝的浩瀚一路向东!

海风斜插在坟冢的拱顶,荒草微微颤动
仿佛有几只灵魂被按上隐形之翅,再次
陷入沉默的死亡法则并忘我地抵抗着死
斑斓国际的设计花哨地占领更远的山坡
广告词无声地来自我们

      生命意外的局部。

你在海滨栈道上徒步,阴影从我们身边
经过,风景,却在时差和历史中迟缓地
错乱。赤脚女生从礁石群间采摘待毙的

海螺,悬崖餐厅旁,夜落之灯悬如落日
我们手举镜头,将远山与海的平面纳入
世界急迫的乌有。

方言令诗的陡峭丧失去乡音独有的变奏
地球变暖的这一头,我们的乡村与乡亲
亦如法炮制速冻的食品,将西瓜和啤酒
沁入水井的泥泞中冰镇,我们也将誓死
酷爱一门分解和弦,轻巧地
 　　　　弹拨抗拒屠戮的元音。

2015

* 与尼古拉·马兹洛夫同题诗。

鹿

哥伦布进入秋季的某日清晨
草坪间松果零落,大地空无
两只小鹿自矮丛中各自探出
它们的头与臀,它们机警又缓慢
间或往相反的方向碎步腾挪
远望去,鹿之尾鳍坚硬且短促
雨露从灌木的枝条上滴落,快速
滑进它们略显蓬松的毛与皮肤
继而又呈滚动之势,向草坪涌聚
道路起伏尽头的低坡上,她
站在她姑姑的房前声色不动
眼中静止亦是鹿之所见

2015

现实

一日或永恒,镜头化出无数枚针孔
将世界汲入暗室监视的无垠。

岸边,鲟龙裸露着鳞片,缩紧
肉身,骨刺在餐盘中分离,又鸣奏。

财政猩红的曲线裹起绣球,抛挤媚眼。
一名小吏挥泪无产秤砣,在地下造句、生火。

诗,这雪后滑体的词语矿山,振臂一倾
手心沁出的汗渍慢慢冷藏社会余震的残温。

2013

飞地

与所谓国家安全相比,对称隐隐觉察的一次意外

雨后,笋尖顶开惺忪的泥土,枯草零件,
晨练的哨音拉合防线,云层摆弄乌有的阵势
在伪科学馆放松避雷的顶端,飞行的酒气巧遇稀释

他衔来一枝蹊跷,旋又顷刻限制
无效的声波缓缓辇送,而弹簧急切之下陡坡
那一粒药丸的顽壳,饱含着胃中扁平如昨的你

2012

别出的秘密

云从鞋尖下滑过,但不是虚构
散开的血片托举着星空,他也不仰望

水运的笼头被拧紧,内外一片陌生
海从沙滩上化为潮汐,泡沫着语言

发酵的面包沾满滚动的奔袭
秘密如油腥点缀夜露的内衣

他也不颓废,仍用单手练习甲骨的飞腾
彼岸一只飞蛾,也不扑灭灯芯绒的余生

那恒久的造纸术方是秘密,丝绸笼罩如光阴的武器

2012

雨夜·野趣

稠雨洗濯灰蒙蒙的一天,顶层破陋天窗
漏出一线玄机,风缝补着好心人的恶意

夜里的猫腾空跃上树梢,它们的叫声,
趁着风雨游,兴致攀过了洗浴的前戏。

眼前的不明物,有时绕过天空的电线,
蹭开猥琐阳伞,它们的颜色更加灰暗。

那不公的允诺恰如口吃者,正毕现贪婪,
下气统治上气,因垂涎而生冒险的敌意。

原来,滑稽一幕也自有其潜伏,伪鱼翅
抢演降落术,烟斗客闹掰了他的救世主

2012

怀古诗

壬辰年和孙文波湖贝路纪行

车轮的半径远过飞行的风筝,偏安
莫过于语言的修辞,现实也同样隐忍
那无限放大的参天之木,被束缚尚且暴露?

夏日漫长,楼道的海水来自去年,这里
的房屋未镶嵌锦瑟,咏物的壮举
仍须托付,坐看钢筋丛林误入天鹅的痛饮

倘若入佳境,索性,引用塔罗牌占卜命运的神索
夜幕遮掩轻薄的衣衫,互通的房门暗藏另一个我们
在唐朝,吟诗,也意味着须饮一瓢止咳的甘露?

宿醉也未必逃脱,跨过威武护栏和斑马线
黄金幕墙倒映着人群和天空,扭曲这日日即兴的不堪
时间一个激灵,箭步巧取蜿蜒的街景:秒针在玻璃中崩塌。

原来,放纵不如笔尖,细若游丝但坚韧痛彻

赞歌的盛世岂是用来手写的,不信,隔岸的调频
将噪音升至狂想的分贝,山水正不幸被它湮没

如果有尽头,世界的星火零丁,腐朽攥紧它险恶的权力
舌尖必有机锋一现,海鲜的绚烂莽撞溃疡的唇齿。
不如,多去寻访清真面食,外加的牛肉才叫真心洗浴。

2012

酒馆私信

它看似一座轻型机械,黢黑的枯叶碎在
娇嫩的玻璃上,它的五官和四肢仍是一团怯懦的树丛
曾为威慑过近区那更加虚弱的旧时代的楼群而窃喜

隔壁的外国人,楼梯间团结着多语的鸟粪
他眼中一座鬼魅的湖泊嵌进我惨白的墙壁
烈酒在杯物中翻腾,床笫在雨檐间采着云

再远一些,高架桥下,痉挛的胃脘
踩着有节奏的街灯,秘制的胡同向外吞吐鱼鳞
再往上,电梯衔着云梯的尾椎,猫衔着内衣的一寸

暖风环绕会议,妖娆鞋跟踏紧绷直的一泻千里
卫生棉球压抑翘舌牙医的有轨私信。
夜间,蠕动的酒馆闭门谢客,谢谢烫死的沙白与如意。

2012

穿过

穿过马路，意味着你得崭露另一般脸
挤在人力单车与保时捷蹊跷的碰撞间

穿过马路，再穿过另一条马路，移动
片面的嗅觉掠过银行柜台霉变的印鉴

穿过马路，再穿过另一条马路的马路
从鼠疫中逃脱的鼠背叛了抗争的凌辱

喧嚣暗室，机械懈怠了你的宽敞乳房
溅泼你多愁多云的卷曲如厮磨的洱海

穿过雨的马路，突然的沉默引爆愈加
璀璨的抽搐，你溃疡的青春它沦陷了

穿过风的一侧，烂尾的楼宇它沦陷了
诡秘金融捣拾破烂的天空它沦陷了吗

穿过你衣袖领口与防线的底限,穿过
迅雷,马路的桌面腾起你不一般的脸

穿过你的黑发的你自己,你被束缚的
万千,穿过你不动产的孱弱,穿越了

2012

街区

我欲接近的街区,会先绕过一段向下的缓坡
沿途的打金店、发廊、排挡和中医院
栉比而立,当然,也有人民邮电和法院
大多时候是在夜晚,月亮松开银边
头顶的假发套在快递员的指环上
夜总会传来迷离的低音慢嗨,冲洗着道德的地沟
橱窗里,裸体的女人被射得卷拢了花边
她们的长睫毛遗弃在旧社会的盥洗室
地铁上,移动电视播放着大国新闻和警匪片
人们三五成群集会在车厢大谈社会主义和歌神
再过不久,松树会被派往灾区,救护车会
飞越斑马线,风暴的头脑也会成为假想的生产力
当然,流动的小贩们跑得更快一些,他们在尾气
的浓烟中操着黑脸,唱着吆喝,斗争着神鞭
需要大于一天,我将我分成两半,将镜头
分成快慢两拍,将所见和之所以见分成对峙和乌有
我欲接近那街区,或穿越它,也或者永不抵达
我愿上坡,下坡,行走,奔跑,加速,或迟缓

我所说的街区,将成为我的肉体,或将
成为肉体中那行将衰老的一粒细菌
我曾赞美它,但欺瞒它,经过它,但走失它,
也恨它,惟不能分割它

2012

新闻诗

徒步的报纸招揽生意的手
款款递来邻省零点的早间新闻
黑台白灯,罩着面具的半边清凉
那贫困的脸颊像微博般皱褶,夹生
汗毛如古董冰箱枯朽的声频,微微一颤
亲呐,它也震晕了地球上无数个诡异的滑坡
那中年奇葩,他在坡下的滑梯上卖萌,其实
也是扮嫩,也是泄露了的青春
也是褴褛的武器,人民加人民
也是团结的奋进,垒砌着爱,又折叠起恨……
瘟疫是公敌,下水道盛装匪气与霸气混合
的炼油,鞋冻,鸡血,尚有煮熟的干爹和药片
钻井之深,之尽头,矿物质泡洗黑奶浴,闪着
磷火的鬼光,命的终端埋住土壤,发射陨石
电梯悬案不解AV的风情,宛若红霞中
冒出一个秃头的江南范,唱红唱翻了好声音
中央公园在哪半球,奥巴马便在那里混
民族,历史,或是种族共和冒烟的炭烤

蛋糕，更娓娓涂抹，如奔驰的烤漆
烤出一颗氤氲瓷牙，赞颂宋的青花，咒埃菲尔铁塔
蜗牛，蜗居在缺钙的氧下，它屎丝般做足了俯卧撑
转眼钻入裙楼之间，亦如冒牌的密探，
佯问那倒霉倒地的选举客：大爷，大爷
你空怀绝技，政治轻佻，信仰早已有别
偏不信，你会轻信了那谣言雪飞的幸福论？

2013

流离

狂傲如她手中劫持的一枚坚硬冷武器
云朵轻佻地跳跃,指点秒射的一瞬间

风,从海平面径直划升,无线讯号被
中断,那强拆后的碎片泛着粼粼玻璃

她披星戴月,月亮垂死在岛屿,泥沙
的淤血加速着谣言,浪花缠绕已空前

片刻的孤独是永恒的秘境。车轮碾压
性别的木齿轮,看吧黄昏,毁于早泄

的繁星!垂死中的一名也是生者,他
婴儿般啼哭,犹怜环卫工人与黎明的

社稷,也独爱那江山尽头隐隐暧昧的
美人。群峰秀凄冷暖色,海藻在沉沦

如果，浩瀚的飞行被唤醒离奇的双翼
你仍懊恼这红日当空，囚徒正流离？

2012

器官气候症

十月到三月,是漫长的一段陡坡
鹅卵石像左心房
它压榨的群草像蓬乱血管的黏液
防洪堤绞断了肝脏和瞭望,握手楼
描画前景的一线天

盆土无声发酵,风陷进卷风
辣蓼草,忘记了它曾身患的酒疾
剧毒生活漂浮在专制的肠道中
人们忍耐住头顶停滞的挥雨
将蝇的翅膀插在嗡嗡的坏死神经上

十月!这十月满腹的遗忘

2012

梦中的中年派

乌云向他脱帽，致意，将雨点塞进
他风衣的领口，从那里，飞起一只
猫头鹰，旋转着羽毛与眼，在黑暗
中他们谈话如隔世的情人。

楼顶是这样的，萤火虫竖起尖耳朵
在天台上弹琴，唱歌，雪花打转儿
其中的一片幻想着外婆，粉红外公
斜升上半空，蒙面是灯笼。

初春乃在菊江*，一个中年派的学生
行至五柳先生帐外，白蚁啃噬他的
书卷，幽兰东流，花生溺爱，房梁
间积雪融化作洲上的鹦鹉。

她的眼神明亮，如雾中弥漫的风沙
将他层层围住。蚕丝也围堵着处子
那清晰的胃对应着一个骗术的制度

将彼此包裹,容纳,收复。

醒来似梦中,凌晨不睡是梦中,梦
像两只船桨正交织的蛇图。

2013

* 位于安徽省池州东流境内长江支流。晋时东流属彭泽,陶渊明任县
  令时,曾住东流种菊,并作《劝农》《九日闲居》等诗,故东流又
  雅称"菊邑",流经东流的长江谓"菊江"。

别京城

返航机舱的电影险脱了雾霾,
倒映出双榆树路擒贼的神探。
这是神赐的恩缘?慢镜头中,
一座天桥荫下的派出所,
那盲人乐手斜挂着拐杖诵歌。

戴口罩的选举客高举铁的罐头,
素食主义者远自大洋彼岸。她
在瑜伽课上练习呼吸和软术,
先是揭开语言的疑团,
又在词语的迷障中弹跳,纵身。

某次,从望京高楼中窥向窗外,
群峦压城,尸如蜉蝣般朝生暮死。
汽车拆卸了排气管,吹粉紫的气球
向天空兜售。街头派对嘈杂,
人声,匹配绝难公允的气候症。

我们只好与社区就近,煎茶,
聊不着边际的天。晚餐后步行,
东至科学院南路菜市,奔北往
当代商城。将明日之瓜果充分采购,
顺便,也买回打折的家电若干。

2013

寄海南

天空乃有疑云,云与云朵之间,也密布着
阴暗。短暂的灯弧箭一般掠过,星火陨落并
迅速四散,成为粉碎大地黢黄的谶言。
风,从海的另一面夹击,巨浪撕扯着群鸥
漫长的海岸线将光与影凶狠地斩断,夜幕翻吐着鱼白。

雨过,两个人一前一后,挤进国家高速
的尾烟中玩命地排队。卡车显然跑得更快些
疾驰的噪音如饥饿的钟摆,她越来越远,
连衣裙与路肩荒草混为一片,也就是说
她的夜影,在加油站上空将形同一束诡谲的轻烟终至虚无?

一座岛其实则更加虚无。秘密曾在那里公开或偃息
海军医院的女护士与医生,牙龈患者与骨科病人
看吧,海口跌宕的金盘暗藏了一座财政厅
咖啡豆,野槟榔,东北话,西南音,新港口上
自驾游的环岛客正为那散尽头骨的汽车充电。

就义的英雄也被砍了头,便在那不远处,
碉楼的钢窗焊起了一朵不败之奇葩,盛开暗遭洗劫的时代。
他单手险握方向盘,她的月经却紊乱
哦哦,紊乱,紊乱,道是云雨撑开不惑的阳伞!

2013

忆永嘉

白象塔,鹭,鼓词,牛筋琴
这风景的橱窗,当如何对应

记忆中的永嘉,一年多前
倘彼时下笔,则必如胸中遇鲠

历史,像山中清泉涤荡着内心
戏台上,今人吟诵掺拌的怀古

却也疑似悠游塘河时,机敏地
取道,那人他轻点船舷——

去探望岛上的泥塑和雨打的门神。
旅行汽车途经蜿蜒的现实

众人登山,分食大地的饕餮
一览前景无限的苍翠和云天

乱石冲洗着溪水,镜头般
刻录飞泻的笑叹,如今

或仍在那古道中回旋、昏聩。
读友人诗,追溯语言的山水,

康乐的山水,读古今之波澜
心涌一片往复的谢忱。

2017

悲欢颂

漫长的坡道将村岑
抻入一个风的豁口,
月色钻过银色铁窗,
落晖颇似近海的浅滩。
哪条路,离虚无径直,
离宇宙的孤岛更远?

不等周末,他们驾车
轻取旧有的海景湾道
匍匐上山。路的另一侧
其实已是悬崖遍布,
但座轿的胎气十足,绣花
口袋缝满了多少城中闻。

几款土著咸菜
滋润了喉肺,肃清
那里绵藏的锋刃,
针尖上滴泪,也滴来

世界的坏消息。诟病，
宛若天际莫测的雨云。

膳后，夜间骤起的
林风也令揣度油生。
仿佛那遥迢异国的
通灵长者，从身后
的玻璃中清晰地窥见
他曾悲欢的前世。

2013

模拟场,乐园路

这真是乐园,海鲜寂寞地等待死与煎炸
奸诈如他:狠心收买了隔离的屋基,抢建 CBD。

粉红染紫霓虹,悬起欲洗浴的两腿
双钟换算港币,店铺的旁门实是窍门。

多少次貌美,抢滩巧妇的泪
澳洲龙虾,从饲养的水中卷起裤管,翘臀上岸。

来来来,再喝一杯,我们也去宣读,
宣判,宣传,去消费一次集体主义的肺……

2013

镜中诗

系统纠偏,也是人的更新
你须手脑并用,重置拆分,顽强地
将垃圾抛向垃圾站。

也可以杯中取蛇,低眉,将阴影
玩转。巨型方阵阔步,腰挺,
雄浑中将天机摧向天际。

来谈谈我们内心,寥廓的原野与
护士手持的胃镜。谈谈空腹的国家
倾斜向马的一面。一面镜子

陡然射穿仪式的刺痕,暗地徒生
隐形面具,借故考察的玄机
自天空巧夺一片历险的云。

2013

蒙太奇,公园旧事

晾衣架上飘着你去年的旧物

像辽参插上两只慵懒翅膀

嘀嗒着东海港遥远又陌生的泪。

黄昏,快艇将超重的行李背向彼岸

万物从蛇口*消失。

几位年长的故交,热爱上造词术

将网中的社会用谈吐温故,孰不知,

稳固却不及无由火烧的吉普。

于是,我也只好将不断返复的情史

用钢笔,誊上貌似玩笑的教科书。

这里,本来一片危楼林立

很快,土地会有偿转让,金融风暴将

刷新美色图景,人的风貌

亦随之焕然。相隔一道港湾

是否还能两两不忘错失顿悟的从前？

2013

*蛇口，指深圳蛇口港，从该港口出关乘快艇一小时可抵澳门。

慢镜头,湖贝路

雨乃甘霖,骑着她蓬松乱发的头顶
如果风也能成为安慰,夜必然深得更长久些
尾随一条小巷,那路竟如此绝决?
被琐事激活的辩论仍难得以松懈
绣花枕暴露了纷乱,鹅绒在火药中鸡飞

他们,曾在天台卸下浓妆,
像磁铁般缠绕,跳楼。他
摸黑滑入丝绸甬道,而她
之忘情地抽动着,抽离着,抽搐着,抽着,抽着
扭动的机关时而滚滚一声声"咔嚓"

时光被拧断,旅行,如无声的反抗将记忆判刑
其间,路过包子铺,手工鞋坊,水果屋,
直至街道拐角,两间相邻的药店,门洞开着
药物统治着这里的世界,忘记了制服对人
的束缚,而人们暗自窃笑,内心松绑。

最后是暴雨，激烈地刺穿阳台残旧的纱窗，
无节奏地敲击地面，稍息，洪水泄如猛兽。

2013

去中原已近小雪

但呼吸犹在,那唇齿一半
乘列车驶入省城
站台上飘散着细雨打湿了你的金发微卷
时针时急时缓
有很长一阵,我闭眼,伴醺
任明月如后视镜
在倒退中神游腹地,至燃为昨日之烬

2013

癸巳年入冬,雨中作

万念皆冷,
结出一束速冻的花茎
它含她泪,
泪别他的惊心。
镜头摇转谣传要闻,
吻他的假肢
问他,世界与齿轮?

风含塑料的花蕊,
在蹊径碎跑,倒退。
药厂停电,
流水线集权。
车轮碾过柳絮的刘海,
轻飘飘飘
来他墓下撕裂的冥文。

2013

癸巳年岁末,大寒

东边,靠阳台的窗户上的铁栅栏
将月亮割成不等的三份
那扇窗户因为电视天线
从侧旁挤过而无法闭紧
夜风呼啸着,撞击着
玻璃,在几间屋子里发出哐啷的声响
纸上,笔尖吵吵吵划
隔壁的几只老土狗似已入睡了
你不必再害怕

2014

波士顿晨曲

海妖匀称地呼吸
脚尖踮过甜美之梦。

你醒来,笑如瓷器
躲进厨房做地道的美式早餐
咖啡轻吐着泡沫,一本诗集
被阳光掀开
从你左边的窗户前
树叶的影子折叠并染黄了蛋白
银勺碰击着水杯
发出悦耳鸟鸣。

2014

距离

穿过几条长短不一的隧道，
天空渐蓝，汽车顶窗将郊野的风
拉近脸颊，你柔软的汗毛金光灿灿。

午后，太阳又绕开前院，云影
投向暗褐色礁石，海浪声涂抹
着身体，像裹上一层忧郁的蜜。

有一条幽径远离并通往墓地，
我们从未走过。绿道环布群山，
徒步客曾小心地为他们的同伴凿下印记。

五至十公里外，一处老所城
被朝圣观赏，外地摊贩也在
附近兜售干货和采集日益零星的鱼鲜。

再远一些，两个城市的分界处是一座核电站。

2014

而你

我将皑皑雪地间
一小串动物的梦幻足印拍摄成风景的勾连
并以此取悦你

我将雪地间
一串小动物独自走过的长久无声旋即扣留
并借口向你征询

我将小小动物轻踩冰雪那形似梅花的
默默踏痕比作黯然回首
又愕然的乌有

而你
坚忍着如往
坚忍着,那一切关乎绝缘的两可或遍野的哀伤

2014

雪中的国度

一夜醒来,国家被一层丝绒的新白覆盖
雨中溅泼的他日污垢,尚来不及雪藏太深
滚滚车轮,在大地间犁出一溜冒烟的地图

树杈上,松鼠左奔右跳,残雪
不时从长尾间抖落,掉入路人无辜的口袋
儿童嘻哈雾气皂泡,转而被母亲惊唤入门

苹果插播弗格森,乡镇喇叭又紧急呼吁公平的讨论
另一则资讯,乃是《纽约客》提前发布绸面的假风景
将圣路易斯弧形拱门的两翼,涂成山水泾渭的双截棍

这雪中的警察,骤然于一夜间架起装甲车
催泪弹,和蘑菇云。黑人们不迭以牛奶洗面
赶趁着感恩的折扣,网购几张惨白但又称心的床板

2014

灰色的

寄孙文波之作《燕子颂》,兼寄友人介词

在社会主义新农村,老式建筑残旧的表面
它们借自己细小的两爪攀附
只作短暂栖留,旋即又侧身飞离
土路边,脱光阔叶的灌木枯萎得茂盛
那里,也能偶然藏身

它们的叫声虽不动听,有时却也像
交响曲。废弃的光碟被制成稻草人
成为最佳指挥家,在一个躁乱的
集体中,它们显得不再那么盲目和单纯
偶尔一次高音节,自成一道休止符

当多则三五只同类低矮且迅速地跃过
它们的排泄物旋即如一阵急促的粪雨
在小径、院墙和晾衣架上无规律的散布
碰巧,也会落在哑巴蓬乱的头顶上
那时,他肥胖的女人便会焦躁地将之掸去

他们在院子里隔起众多个小院
分别圈养着鸡，鸭子，鹅，和它们的幼禽
地上满是碎粮食，污迹，以及粪杂种种
哑巴和半老妻子几乎从不理会
这些常年惯于盗食的老主顾

一月之中将有某一天，他们
会满足地从村外回到家里，就着节能灯的
微弱之星，烹饪圆长而有韧劲的面线

2014

季夏月中与太阿骑虎入洞背会文波、灿然、乐天诸友

循环永久的周末,乘友情虎翼
于海湾高速上遨游,热浪阻隔在
防弹的车窗外,透过玻璃远眺天际
似胸中一艘俏皮孤帆,向波涛无穷处伸展
无穷间也有彼此另一个身影在运动中分裂
踩着日光节奏,踩着自我的过去
忙于下山采购,换得银钱营生

*

村庄不比中环,放眼皆果园
阔绰露台升起于密林低矮荔枝丛中,
助他伸手可摘娇嫩青涩之果,
它味酸,然他也恰恰胃寒
万物自然莫不如此吧
山下,我们且路过另一个村庄名曰盐村

*

万物但在倒退,如我与自我

反复的激辩所及：文明倒退，社会学紊乱
他手指敏捷地，扣拨洒脱键盘
推敲跳动生成的汉字联想
那实则沉重的方块从餐盘中因旋转而
蹦出一句极度蹉跎之诗
于是又道——写诗，岂是
耍耍聪明的机警事儿
那拖沓尾音坚决地冒出了一股壮阳的儿化音

*

一路青年呈两围豪筵分列各座
席间，三五个男性赤膊挂阵
嬉笑于正襟危坐的四川麻辣隔壁的女生
几只黄色的黑色的白色的黑白相间的土狗
被反锁在光秃枝丫临时抢建的逼仄圈舍中
这是否又是另一个城中村？
它们的狂吠时而湮没了黑暗的山林和
黑暗山林中起伏的他们与间或沉默的我们

*

我们于是拧开疝气侧漏的前灯
沿另一条回路踩下暗夜反弹的油门踏板

厢内清凉,冷气环绕你我
渐弯的脊背,汽车后排座椅上
系着你两岁儿子的儿童套驾
想起我某年某月
曾送他一只戴着响亮铃铛的曾氏小手镯
天色入漆,吾兄劳顿,早点回家歇息吧

2014

言语的脸庞

给米歇尔·马多

又一百年后。巴黎。那幽密巷道
必将通向六号故人的茶居,无数个

乱码暗纹爬向你的古董和旧物。
闲适的午后纸浆,如你圆满,坚硬的帽檐

亦如你细腻而绵软的亚麻布。
炭笔线交错勾勒言语的浓髯,

速写蒙面之诗,唱叹深浅不一的移物与短剧
被污垢的纤维埋头钻进现实的骨灰中

就像伟大的艺术,就在伟大但沉默的空间
即使我用汉语为你捧读唐朝之音

那彪悍的兵马业已深深地偃息了。
我们,遂在你来我往的威尼斯码头欣然邂逅,

在天堂般的书店,与花神咖啡馆
在街道拐角,在你温厚如和弦的历史中

相互致敬,取暖。为无声的水墨与中国
为遥远的蒙特利尔及你的运河

也为词语的形式,诗的骨头——
为这些骨头发出的咯咯之声

正从地球某端如薪火冉冉上升。

2014

秋浦歌

甲午清明与友人游经秋浦一带

下坡弯道旁墨绿的枸骨丛略带着敌意

如浓云撕破天空愁古的衬衣

但平原上金色的油菜花不,

它邈远的边际漫向通江的平天湖。

齐山举目无人,英雄已死。佛道天台上的

猴群也带着敌意,它们当中的年迈者

吊起耷拉的乳房,为幼猴抢夺奶黄的面包与果皮。

省道旁,奔驰的轿车喇叭声惊起

燕子的剪尾,几片羽毛骤然乱飞

噪音一如利器,也埋伏在深深的敌意中。

像城市混居着不同的人的类别和阶级

当路过横穿州郡的清溪,方形汉字

赫然雕刻在大理石墙上,也像刺住一枚

历史的碎砖与青瓦,

刺穿心头奔涌的诗的血迹。

2014

一种声音

仅凭嗅觉,便能知道一种声音是被控制的。
从不完全的租居的楼道,市民广场,银行,
到地下铁的走廊中央。有时在教科书里会
看见它的影子被挤压,变形。它跟着一个
你或更多的你,那陌生人群中。戴红袖套
的值班员。有时它拐一个弯,和巡警擦肩
而过,有时,伸出一只胳膊搭着街上一名
妖娆的少妇。偶尔也像个幽灵,被迫湮没,
或主动消失。壮阔的玻璃幕墙爆破的碎裂
声中也夹杂着它,沼气与雾霾中,城管的
吆喝声中,救护车的哀号声中,间或,也
在早起的升旗仪式里。它经过男女的争吵,
儿童的啼哭,和教导员的训斥。经过宣誓
的白墙或黑墙,医院的绿漆,经过红色和
黄色,经过风暴,轮胎。经过坟墓和车祸
现场,超市,与潮湿。也经过卫视和卫士!
它像一个小偷,有时是一个投机分子,有
时又像个精神病患者,或者医生。它借故

混淆，譬如钟楼的鼓声，它将它向前推或
向后拨，并如无人知晓。乌鸦声和犬吠声，
或其他任何代表不同种类或一切异见之声
甚至是一个人的或一群人的呼吸声，在它
面前都是微弱的，无声的，直到奄奄一息。
这是一种声音，它让你听到，但并无感知。
仅凭嗅觉便知它已被控制，犹如虚幻一种。

2014

契约

冰冷、杂芜、破碎,被浓烟熏黑
而依旧坚硬
在一片荒地间被拆乱。
这些残缺的砖头,灰青的土脸
像我祖先阴干的皑骨
命中死亡的昨天。
它们横仰在宗室的屋基前
曾被窑火煅烧,被烈焰炙烤
它们悲苦的身下,埋压着蚂蚁,蚯蚓
和亲人的脚印。
祖父病亡,祖母瘫痪
房子借给异乡修铁路的工人
绿色车皮引燃红色火焰
电炉烹熟他们僵冻的晚餐。
我们曾翻滚的床榻
父亲从深山扛回粗壮的樟树,
他母亲的棺木——她死的归宿
涂在鼓皮上我母亲教会我的汉字

篾制的摇窠,和弟弟木造的三轮
它们被线圈的血光吞噬
而成消逝的亡魂。
除夕祭山,炸响的爆竹
乱窜于杉木和枸骨丛间
最后一只,在坟头伫立
泥土上青烟似铅云凝重
父亲铺开一张房契
抽噎,弯身,长久地跪着
一如沉砖的大雪骤然压向
他的白发,他花甲垂暮的晚年

2014 为故乡毁于失火的祖屋而作

冬夜旅人

电线杆斜举着无脑的路灯
树枝僵硬，光秃
一层枯叶凌乱铺开，散落在
汽车白色的顶棚
它已经闲置在路旁太久
轮胎干瘪，气数也恍惚泻尽。
街道接近凌晨五点
沉寂无人，空气阴湿
对面，医院深墙高耸
将生死在那里围拢。
推开屋门，病风涌入
胃轻传嘀咕，吟出酸液。
住在楼上研修神学的青年人
刚刚迎来他新婚的娇妻
他们的身体已经浑然睡沉。
为了继续熬到又一个天明
仍须独自吸完半盒卷烟
眼看着它们萎靡的光与火

将被已然冻瘸的手指
——掐成老死的灰烬。

2014

灰雀观

初雪渐融
几只灰雀在院中的灌木枝条上
蜷着胃
那细长枯枝足够撑起它们简陋的身体
且不致被压向一旁的引力

它们呆立如象鼻
眼神无助又无辜
看着一阵冷风刮过白色栅栏
又一阵冷风刮过
白色的栅栏

风也刮蹭到灰雀脑门上一绺
蓬乱的羽绒
(是它填充了你新填的棉被?)
它们蜷着胃
在灌木丛干枯的枝条上
小心翼翼

初雪融化

大地又渐漏它

狰狞的面目

2014

黑色森林

破碎的肢体被强行摁住

在沉默中颤抖

遮挡来自第三个方向

吹来残缺的风浪。

季候入冬,人心渐而转凉

火红球衣裹挟不住她的

半尊身体,手臂伸出

向外,找寻幽密的营地,

额头上,刘海被自己

整饬得疏朗而俏丽。

山野农居,一只猝死

的春燕曾被扫出,

骨头僵硬,横插的羽毛

佐证它死去了已久。

还有什么能够使人镇定

屈从于一夜间云涌的

饥饿、不幸和恐慌

黑暗轻抬它受惊的翅膀。

2014

牧马人

这位救赎者,姑且称之我的医生
她此刻仿佛正踩着河的对岸
她的轻语从迷雾中传来
正帮我细声问诊

我们谈末世与黑暗
谈论现象、诱因、对症
和人之悲观
也谈薄弱的意志,颓废的睡眠
谈论死亡,记忆
与万物瞬逝的消沉

医院空旷的走廊中多少孤魂在游荡
我不要去那里

给我药物,为了救赎
给我一叶扁舟
收纳我

痛苦的灵魂

从无边的水底和深渊中逃脱

洗尽时间的变故与罪恶

惟独,我们不去谈爱

也不谈恨

我们分坐河流将近枯死的两岸

一个是牧人

一个是马人

2014

黑鸟

一只黑鸟在汽车正前方飞突,狂奔
在忧愁的云翳下翱翔像箭
双目似怒视爪下的丛林

又过几英里
又一只黑影
在纽约州上空急旋

它是美国之鹰?
或变色的雄隼?
它的眼

是否也像一个道德凹陷的恶人?

2014

追忆

寒露，雾霭如
白色信封残留的胶水
有一层已经脱落
窗户前吻印渐散
你关上睫毛
蚕丝被微微翕动似灵巧的心跳
相框里，两个人相互取暖
墙壁一边挂着手织地毯
你祖母的画仍在靠近床头的木板上
姑姑送给了你逝去的好时光
有两只衣柜我们曾反复搬动
直至镜子发现它恰当的一角
映现你完整的印花长裤
首饰盒内，死去了很久又被留下
沉默地等待合适它们的新一天
而另一些，来自巴黎旧区的左岸
门背上曾披着新买的秋衣
树叶之金黄将要褪尽

你说,就快了亲爱的
冬季我们仍将一同散步
感恩节我们将驾车远足
高速两旁,延迟的风景还会等待
房东老伯也会再掐一捆嫩绿韭菜
神秘地敲醒
我们的房间

2014

有一次在湖畔

在水之对岸,清晨雾霭中
隐现一帆长岛
朝露在甲板间完美呼吸
水滴动若热泪,眼中
悬挂着红日激昂的倒影
我们从船木上鱼跃而起
双膝弯曲,久久不肯落地
微风将你的草帽腾空打翻
你一只手欢快地斜升向天际
像展开一次久未道破的秘密

2017

湖

我们将双人船匀速划出肉眼的湖心
绕开一座扁长岛屿(你称它长岛)
向快艇掀翻的狂流挺进

何处是尽头。贴近树木潮生的岸堤
客舍越来越远,船桨交集着水面
细密波纹推开点点浪花

有时,桨尾也会拉出一对不顺从的急漩
你伏在后舱沉稳地把住
帽檐向上微扬,盖住了太阳的光

湖水净如白缎
浅滩处,倒退着枯木百变的造型
也许某天,它们会有幸搬入历史博物馆

山阴的一面,茂密丛林遮挡了天云
湖面黯去而船在前进,无数只水蜘蛛

伸长爪子,迅速拉开逃生的矩阵

落日熔金,林间恍惚传来悠长的餐铃声
费尔南多是时候又替那个蓝眼睛女孩
排入长队,你母亲也正拄起拐杖步履蹒跚

每个人心中有一座湖
它的名字是印第安

2014

回印第安湖

黑暗中一座路牌

指引我们驶向印第安湖

高速公路与机场沿途的争吵声

消失在大地陡然沉默的上空

头顶,针叶林挺拔的树梢将夜晚巧妙地

    分割成一张联合地图

世界的星群在这里围拢,密布

形成令人窒息且具有强大陌生

      与威吓感的

美式夜太空

  我则如同被囚禁?——猴急于那斑马线旁

未被摁下按钮的人行灯

这里,曾是你或你们

谙熟的山地与湖泊,

是你三十年后的同一个国与家

即使哈林未将手电筒挂在乡村入口处

摸黑——你也同样能径直进入你

五岁时的房间,你的宽厚大床,
你所需要唤起的记忆——之于一切往昔
一如你母亲的絮叨声绵延不绝
但她之温和,亲切,未曾变卦

第一夜醒来,目光所及
仍令人惊惧。薄雾如蝉翼
柔软地镶嵌在水波与杳远天际
　　　光羽穿过绿叶碎隙
打开了我的双眼,也打开了你的
这世界之于我们,原本并非相同
然却能消弭于
　　　　时空之顿然转变与刹那无形

2014

雕刻

母亲深夜递来半只苹果
她知道我咳嗽咳出了血

屋子静如寺院,床单新换过
散发出白色裹尸布的僵硬气息

窗外小院会陡然回荡孩子们的厉叫
女生在傍晚斜跨上单车

横穿在凌乱的晾衣架下
轮胎冲撞过他们的大腿和冰鞋

快递员白天送来朋友的诗集
我担心,它们是否能如期捎去他国

脸书频频刷新
为了印证数次揪心的点赞

把灯熄灭，把灵魂扔进死亡的阀门
拧开黑暗任悼词涌入

我听见隔壁传来我母亲翻转着腰身
她以为不久我又将带病远行

这一次心被刺痛，被一根烙铁
在病变的心室凿出一枚寒冷的阴刻

2014

美剧片段：旅馆

有几次他强忍住泪
用围巾填堵着脖颈与领口松垮的空洞
胸中默念哀莫大于心死
寒流从头顶盘旋如乌鸦俯身冲灌
街上，湿漉的柏油地面残叶被阴风卷起
店面的招牌有几个认识
大部分无法辨清
不断有人从路肩上匆忙走过
他们不同的肤色，眼神，和服饰
有的头戴紧绷的毛织帽和皮耳套
手指撑开肿胀的黑色手袜
偶尔也有酒鬼或看似不正经的人晃荡着
路两边挤满破旧的木屋
间或，风会从两幢房子有限的夹缝中钻过
发出深夜鬼嚎般的长啸，窗玻璃
跟着一阵阵哐啷，继而
时光陷入巨大的空寂
与又一轮反复

他们约好中午在华林顿街头碰面

在这间昏暗的家庭式旅馆

他已经熬过了两天

洗手间是公用的

暖气管道也久已失修

床单上污迹斑斑,发出呛鼻的霉腥味

床尾扔着一只黯红色日式木箱

图案上,一对阴刻的恶煞凶狠地抡开黑斧

洗手池的旧水管不断渗水

生锈的铁盆回荡凄厉的声响

第一天深夜,他猫出屋外抽烟

透过第二道门玻璃

隐约瞥见逼仄的走廊中

一个瘦弱身影艰难地撑着板凳

拖起扎入裤管里的半截断肢在行进,由于残疾

他总是或必须捱至最末一个去洗浴

从上午十点,转而黄昏就快来临

他仍然在等,惟有等待,只能等待

吧台后方的墙壁上,挂着一只

陈旧的落满灰尘的鹿头

眼神孤傲地斜瞅向不可知处
脱皮的木质音箱二十四小时循环播放着
一张乡村音乐。柜子上
一块三角牌稳稳地立住
卷角的旧纸上印着"如有需要拨打21"
十一点后,一位非裔黑人老头慢腾腾
拎着几大袋垃圾挨个房门的进出
看上去,他连上下楼梯几乎都会艰难
除此以外,永远再见不到第二位侍应
他们约定的时间早已过去
然而他不能出门,因此也不能抽烟
几块剩下的饼干早已嚼尽
街上风依旧凛冽而有时仍夹杂着冰雨
他只能仍将半边屁股
紧蹭着那塌陷的沙发边框,累了时
就轮换着抬起一只脚搭向一旁的行李箱

时间分秒组成,且缺一不可
等待让短暂的人生变得漫长可怕
每一种变故仅能权当作意外
他不能出去,不能任由风将房门踢上
不会再有人为之重开

他不能抛下行囊,那里有沉重的出生和历史
不能独自在潮湿而陌生的街道孤魂般游荡
行囊里,是他的护照,信用卡,和故乡
等待吧继续,他必须忍住饥饿,忍住冷
忍住鼻腔,冷,忍住泪,那刺骨之冷
他们约定的时间被一再延迟,一再地
耽搁,但,仍然距离最后一次很近
仿佛,亦如相距末世也不遥远
黄昏终于到来,一辆灰色轿车嘎地一声
她身材高挑,模样俊俏
异常利索地将包裹塞入后尾箱
车内暖气恍惚如燠热的锅炉要将人瞬间石化
有一刹那,他深深地埋下了头

2014

美剧片段：医院

在贝肯大街与海兰德大街
分别有两间医院
名字都叫做萨莫维尔
四方的砖墙将医院牢死围住
如时间托举疾病的天平
总有人从那里进出
遗忘，或告别一两次简陋的生命
墙身很高，从墙根处垂直向上瞻望
也颇有监狱森严的肃穆
每天，无数次急救车聒噪的警报声
最后在这里拧慢，熄止
直至将大地卷入一阵如渊的虚无
没有异味从深墙内传出
粗糙的车轮撕咬着路皮
像要将阁楼的木地板震穿，矮桌上
热牛奶的一层薄皮面也不时间微漾
他的窗户向医院斜开着
透过火红窗帘，常望见对面的窗户里

两个人翕动的嘴唇正无声地切磋
裸露的树枝伸向窗框
在雾霭濡湿的玻璃中,形成能见的
又深不可测的两面
有人庆幸变得轻松,有的人
则怨诉自己活得不够,活得太短
长条斜坡上,萨莫维尔医院
被风暴的初雪笼罩
阴影下,一片片白色幽灵在疾舞
在天空中盘旋,在枝头栖落
在冰冻的圆石上消融,终化为零
一根挺拔的烟囱兀自耸立
火焰上惨淡的薄雾螺旋攀升
仿佛,它们的灰烬离天堂更近
伸手可摘那里神秘的枝条
与不死的繁星

2014

美剧片段:寄信

他先是将车驶入咪表限定的区间
熟练地贴边,停稳
如同向邮筒中扔一封信
然后,又走近机器前塞硬币入孔
直到确定它们够了,再带我横穿马路
距离邮局与校园不远
在一间饭馆,我们脱去外套
礼貌地等候侍应招呼坐定
壁橱上,三两处方形格子内
供奉着几尊佛像与银品若干
房顶恍惚流淌散漫的音乐
似绸缎升起,云絮蠕动
女店主皮肤黝黑,面目和善
牙齿微笑且光亮着
款款递来两杯白饮
她声调干净,发音利落
像是已生活了几代的老移民
小馆子温暖而清静之至

人们自顾低头用餐

虽然也偶尔交谈，大部分看去

更像是教授、学者或年轻的留学生

我们的邻座，一位身段矮小的侏儒

若非细心，很难发现她短促的双腿

惬意的摇晃间，几乎就快够着了桌板

自助餐划算又快捷

出品虽略简陋，倒也开胃，丰盛

饭后闲暇顷刻，我们又各自起身

去多添了些果蔬、芸豆和野菌

回望初识之夜，零丁飘雨，灯盏孤悬

星光漆染偌大的楼阁

孔先生斜倚在微暗的扶手梯旁

静候着，将异国的钥匙

交于祖国的亲信

乡愁万里永两隔，一封鸡毛且能

辗转捎寄瓢泼的美利坚

2014　为美籍华裔友人孔繁林而作

美剧片段：神学聚会

周末晚间，羊肉令我们喜乐荡怀
餐桌上，美洲大地结穗的蓬蒿
蘸着黑醋与酱汁交配的暧昧腥光
可乐杯盛满欢快香槟与粉嫩果酒
紧凑的内外，翩翩稻香与膻气播撒
杯酒入肠，胃囊啜嚅骨肉的分离
再饮一杯乎，我们何妨不佯作微醺
在酒席间，阔谈国家和种族
书写与命运，谈谈彼此的出生，信仰
也谈你们未竟的神学与未知的天下
结论是，美国的黑鸟远非东方式乌鸦
一个蒙古猛男，一位藏族水仙
还有你，汉族青年神学才俊
你是今日的主场，是调味的主厨
你切扁的韭菜，其实也是案板上
哲学的鸡精，混合着星点宗教的
葱花，横竖借我们的味蕾开涮
确实，你早该为你貌美的娇妻

再去采购一张民主的床垫，那里
才是孕育云雨与生命的新纪元
房东早早加入了星条的国籍
你确信，他果真曾暗地里缩回了中指
对着夯实的圣经起誓？倘若
那关乎耶稣真理的誓言
亦如佛经轮回般应验，待到春花烂漫时
无妨，也将你们羞涩的美金锐减
我呢，倒也像沾了点神气的荤腥边儿
拎来太白神坛，神游至神州的另一端
肉食果然果腹，花椒装扮的壮阳靓汤
令人急遽地升温，果断地发烫
如同一汩冥冥之音在私自盘问
当我怀揣着神示身回你们的祖国或从前
我酥软的耳根，是否还似
今日般通红，如这聚会般臃肿和僵硬

2014　为游学哈佛的友人孙鹏浩而作

美国之音

你终究失去了什么,去锯裂的贝肯大街深处
那蝇头的空椅上指认,将你的五官埋入衣领
去替换,去反复地,辨认另一个
     黑色衣领中他者的五官
趁着暴风雪已下,又从垂直的旋转楼梯上方
斜抛出身体,从那里,穿过星际幽暗的拐角
人世的死角。

卫星地图将你载入一段飞蛾的虚无,拉杆箱
爆发国家火车有轨的弦奏,雄壮的地下管道
被撬开,泥土被剥出血腥,通讯电缆被拦腰
斩断,像斩开你身体的亿万羁绊与死结,
  灵魂在清算,二十一克合唱
在飞……在扑火,

      在熄灭,在。

一位粉红卷毛的鹰鼻老太太顶着她半生假发
在公园中遛狗,她用萎缩的牙龈咀嚼生硬的

杏仁。她身旁

陆续走过混血的穷青年,她扮作喜上了眉间
夸每一位假装幸福的路人,貌似她不曾分娩
但已腹死的胎婴。她横牵着狗脑,嚼着杏仁
默数着,分泌着友邻的幽灵之液,

  她假发式的上空,直升机前后盘旋
飞行员正往舱外扔掷航海日记的炸弹。
嘘,北京!那个夜行人(阴暗人世的倒立者)
从出租汽车钻出乳房的弹簧,那弹簧反弹的
须臾,滴出一幕奶汁尚未形成的狗血剧,
一枚利刃将其片刻捅破,你终究也将从树荫
后,从衣领中,昂起头,你曾失去过什么?

警车叫嚣着伪民主的黑白圆舞曲,从响铃的
大街上心虚地翻唱胸闷的赞歌。
你终于看清,那曾向你友好地点头,谦让,
拱手,避开红黄灯的人,大胡子司机,那些
内心孱弱的团伙们,那些晒太阳的和不甘心
晒太阳的,素食者,机会主义者,和利己者
教授,学者,官员,荡妇,和看客。

你腾开手,挪移你的钢铁方寸,你的字据,
你钱夹里的腰果与药片,横行在欧美亚非拉
横躺在长河落日天边。你寻访故人的出生,
物种的起源,探亲走邻壮游阔步乾坤,

   拾稻粱,拾萤火虫,也拾陨落之星辰
你口中也喃喃念诵金刚经。

多少虚情的,陶醉的,谎报军机的,借腹
生子的,拐卖儿童的,抽大麻的,草泥马的
寻短见的,揩油的,排队倒电器的,打坐的
口吃的,通奸的,卖国的,集会游行的,
骂娘的,坑爹的,谷歌的,窃听的,鬼魅的
维基解密的,煽风点火的,装蒜的,法制的
又多少!～@#￥%……&* ()——+ "《》?

你曾听银色的竖笛沉闷独奏,芦荟的枝条像
刽子手强按向胆怯的国土,邮政递来超速的
罚单,几箱旧书乘着大海的波澜跌宕,破帆
空气过滤器残留那肮脏的盗墓者欺世的睡袍
色情的腰带捆绑了你的视听,你终究仁慈地
偏信了你的右肢,

     那曾骨碎的无名指。

终于,耻辱将你从深海中打捞,海水卸下
你的双翅,你终究火化了一块时间的活化石
终究失去

      那理应失去的你。

2014　波士顿

雕像

沉重的排污井盖被人掀开
翻仰在凌乱堆积的黄土渣旁。
白天,偶尔也能见一两只灰鼠
抱头从街沿迅速窜过。

时有生锈的钢筋被轧弯的
吱嘎声从高处天空传来,
橡胶或布鞋底摩擦着
大楼与脚手架软弱的跳板,

结块的水泥碎片偶尔坠落
如星辰敲击大地发出沉闷的回声,
更小的颗粒则会荡进午间的搪瓷碗。
掘土机依然在挖,

一旁驶过公共汽车,
巨大的铲臂裹着浓黑尾烟在玻璃上
挥舞着倒影,凿向不可知处,
车体广告上,曾被拘禁的明星肖像

他灿烂或阴郁的脸则被撕去。
刺耳的铁哨声指挥着巨型吊车
切割着城市,阳光也无法幸免
像雨点被飓风吹皱。

几个月后,速度,将显现
它绝对的锋芒。
地下车库庞大如深宫
紧挨云层的避雷针镀着闪耀的银辉,

绿色幕墙回放起仪式上西装革履的绅士
那分外抢镜的,且因镶金而得意的龅牙。
有些事物被深埋入地底
有些人,卷起铺盖辗转或重返乡下。

博物馆旁,一尊人体雕像
无声地撑开他健硕长臂
势要孤身肉搏,玩命地硬闯出
一番新天地。

2014

夜饮

两个人在江堤旁挽手,侧身
黑暗水面上荡起一排
齐整小舟随风摇唱
船木推开的水波撞击着沙砾
卷起层层泛白的泡沫
远远看去,像久病后
她持续的咳嗽挤出浪花般的汁液
心痛然也甜蜜

对岸,陌生的岛屿
笼罩于一片虚无
船夫们已经回家
来自就近厂区的工友们
雀跃在春节的沙滩前
点燃零星焰火瞬间划破这里的沉寂

2015

除夕

灰尘缓慢地悠游
沿着空旷的除夕大街向前层积
太阳光将人影往后移挪
直至人群中
无法再辨清你撤退的两膝
你的脸和睫毛忽闪而过
长发被挽起又坠落
在尘土里飘,在废气污浊中
趋于被柔弱之光割裂的一刻
你的衣摆有一瞬间凝滞
仿佛失落的雕像长久于
黑暗中枯坐,哭泣
万物缤纷,马蹄奔踏
我的姐姐,但你在哪里?
但你下齿叩咬着上唇
且要用那无声来克制
这年复又一年的悲喜?

2015

变速器

语言分心微弱,车厢沉默的地毯
向鞋底交互,几串常备的词语弹跳其间
像午市茶餐厅内,仿古的鸡脚
皱起幼嫩皮肤,要狠心地搓洗蹉跎的污垢
方见云散雾开,一片深情会从那里——
啃碎的骨缝中跃然逃出
夜幕又沉沉,黑暗,恍如矿物无底的深井
快吧,快再燃动那不死不朽的引擎革命

2015

波澜微惊的地方

或许也是一面湖水蔚蓝的玻璃镜
在波光微澜的此刻,映现你
映现出你情侣的橘黄草帽与
水中倒退的浮影
        他向前
撑开船桨,将浪花叠进另一朵拟人
自那光芒渗入的天际一角
粉红舳板将你们有情人萦绕
泊岸,还是登上一座
行将浪迹虚无的小岛?

此刻你仍将其束之深墙——你的闺阁
自一片雪雾弥漫的宁波湖畔
辗转划向群峰隐退的海湾
你挽起发髻,黑色帷幔
渐露你似水的片刻
手持扩音器应声传来
    一阵靡靡动人的雅格泰

2015

雨中剧

愤怒的急雨颇如我们经历过的时间
被弄弯,顺着旧居屋檐将速度减刑
大地上,几摊水洼映照变形的脸颊
我们转身,身体半就着倾斜,雨滴
坠向齐整装束,湿透的汗衫随波纹
将水面涌聚的杂物缓慢推向另一处
而后,你,撑开庞然大伞赤脚走开
惟剩雨雾下,一道孤独漩涡持久地
伫立,像要死守它永不兑现的誓言

2015

无邪诗

途经偶然浑沦的一梦
瞥见你身影贴橘黄
一绺蓬松发丝
被暗夜之灯数尽凌乱
连日来,你手指
在键盘间疾舞描绘
一段人事一则爱和恨惘然
夜行客乘舟渡向
你无邪的对岸
然世间几多荒谬与荒芜
并不能抱怨,长假蒸发去
顺风速递来的银耳
猴头菇竟也神奇地霉变
新春裹挟新年的新一日
多少故往往复在梦中弹,水中沸
你拆开新到的跳跳杆
推门,下楼,神气地踩上
神奇的神器,从螺旋的楼道中

传来儿童烂漫地嬉戏

这还是诗?

2017

接木诗

太阳慵懒斜照玻璃幕墙不辨的冷暖
化学将视线阻隔,十九层外依稀
眺望地王,斑马线上人蚁涌动
一声嘶呖的汽笛扑倒一名接木工人
阳光,也从避雷针尖顶处折返
撒向大地一张无垠的互联网格
无人能侥幸逃脱正午的强烈反射弧
霾尘抻直五爪,摇身恶龙的一变
你,忍耐住性情将红铜锻烧成紫铜
将快餐堆砌成山,文火旁的文竹
是你无心的煎熬,温吞吞巧扮成你
剧中的变脸人,斯文地移情又别恋
编撰是虚构,绿植乃发生
盘坐在飞行棋毯上提速老朽的双膝
是否也能来一回 3D 精妙的打印?
净化机剔除了高空乌有的炱气
风机腾云的轰隆,伴奏傍晚滂沱的
淋漓,但那是戏不是雨,是前而非后

是相隔那薄衫沁水的透明,望去你
力透世界的中心

2017

教育

相比它曾经投影于
孩提时代的宽绰,漫长与威严
被时间教育的这巍巍堤坝
而今已化身短促
它潜身在两股浪潮之间
左手是一片面北的湖泊
是记忆尘封的暑夏淹死过
对抗命运的少年们不羁灵魂的深渊
那双胞胎兄弟中尚活着的一个
每到清明会前来祭奠
它的右边,万里长江
如滚烫的中国隆隆驶过
江豚的脊背在大轮掀开的碧波中起落
每一次起伏的浪花之光
将四月的防波带上
金色的油菜花粉猝然点燃
情人们那时被染黄发梢
的确良衬衫如沐雨露腥风

裹挟着花地里的谩骂与调情

晚间自习铃音一落

造船厂疲惫的路灯交织着电焊火花

将一整条大坝通通照亮

而身临此刻,世界混沌如初

煤方在北风中裸露

(风依旧利如刀刃,刺着我们童年的脸)

死灰一般冷穆,沉寂

已记不清那些坍塌的煤堆

曾夺去过多少下岗工人的命

他们——那些曾是我们发小的

尚未老去的父亲或母亲

他们已被埋入比煤更黑的大地深处

但环形喇叭高亢的进行曲呢?

篮球场上,少年们健步

将大于他们头颅的皮球

误砸了的窗花碎片呢?

父亲们绑在永久单车上的鱼竿

没入了时间的烟尘?

一座钢铁的废墟苦对着时代在回答

听,风如虎啸在回答

儿童乐园沙池里残破的玻璃弹珠

一如被沧浪洗黑的泪眼在回答

腐烂的旋转木马和秋千

交出了它们颓废之肺

那巨大的声响仿佛孤魂

在堤坝上长久地盘旋,游荡

世界的另一边,阳光挣脱了云层

妻子们梳洗乔装

我们的弟弟驾驶着汽车

在灰色的命运中穿行,穿行

2017

我们之中

夜半儿童哭泣袭来
望阳台外猫声涟涟
它前爪悬停,轻挠试探
呼吸挣脱公园
脑门前,发箍挤破了几滴抑郁泪。

那天,群峰上绳索太萧索
沉重的肉躯某一瞬间
会将整个人类压迫
被击垮的,岂止是你一个
但你穿越了午夜去攀援
去承续了一个电流传遍周身的意外
寻找撬动世界的
亿万分之一个支点
你遍翻尴尬鞋架
人世何来合心的尺码

谁言

   两手紧握的拳头不敢松懈?

一只孤鸟会自那缝隙里翻飞,逡巡。

你颓废的相纸

曾冲晒了梦游

那是一张宿命的剪影啊……独照啊……

于是腾挪你受惊至恐的羽翼,到缥缈

大厦倾覆,将你年盛的身体

摊成一张浑沦陨殁的平面

上天设计无限的辐重

你设计巧通神旨的无垠

那被地心险恶的引力强行拆卸的车把

击中了你的右肘,你卷曲握笔的手

佐证了我们共同的阵痛:

一种集体,乃至一个时代

迅速的劫数、节操,与苦难。

只是太果断!

抑或,倘若你是在佯睡?!

在梦寐中合眼昏聩

在黑暗如垢，也是虚构的光明里

跋山涉水，穿行迷雾

我们之中，你

提前举杯以致

烈酒泼溅，在逸乐之岛

堂前闪现一道灰光

那是化妆师赐你唇间泄露的仪容

   翩翩飞

那你为何口嚼槟榔

腮帮鼓起和睦的奢望

你的幼子瞪圆双目

黯然摸弄你的芙蓉王

大榕树下，你举他越过头顶与阳台

大地空留阴影结构

收纳你决绝的拂袖

链接你横竖挺拔的衣领

每次，酒精一伺染红你的前额

你，便乘月色隐形

郊外月光初如铁，而今已不可照见

游戏缺席的法官非法遁身
谁来裁定那杀手仍在幽涧
夜色又凉
你画出的句号浩瀚当空
另似一轮妖艳月

谁言抵达……
电话里，身心腾空而起的一刻
断是世界的悲歌
妇孺的悲歌
那大地深处，一道天造的豁口洞开
你脱却口罩
扶起你母亲着地的长膝与短叹，冷风
吹散
　　　一寸银狐

2017　为廖翔而作

榕树下，忆故人

你的灵魂在河岸静走

慢如你轻轻将

鱼燕放生自然

蜻蜓点着河水

路过你的鞋印

榕树下那独坐的青年

铅笔已然写尽

不复叹人生苦短

你画中的线，是缕缕

丝绸的美善

纸上诗，是药师经

也是春日撑开长空的圆伞

在你故乡，日暮炊烟又升起

姐姐们掩面哭泣

母亲从田塍耕归

她顾盼大地尽头，会否

传来你悠悠的踱步

而今，尘世的路灯

已不能照见——山中远巷

你幽谧的背影

故友啊，此生我曾

两次亲历冰冷的推车

载着你孱弱之身

滑向宿命和虚无

一次是救赎，一次

往永生

2017 为黑光而作

失火

你令胸口纵横的肋骨
相互纵火忌惮
自你胸腔蒸腾一阵热沸的烟云
于是你冒火冒烟,失火般
衔来一串冒号的句号。

2016

暴雨

其中与剧场相邻的两扇窗户敞开着,
从杂货店门前经过的行人赤裸着双脚。

2012

鸟经

毫无疑问,他对幻觉持有偏见
隐形针孔在天花上像遨游
大海猥琐了它狂暴症的神经
而往往,湮灭的钨丝更加张弛地有度

鸟雀们谈经,并不在意人的永恒
神鹰也会轻蔑枷锁里的肉身
每过一天,离末日愈近
离舌苔的粉紫与现世的青红愈远

2012

纸牌游戏

不再重复,不从
那惟一的地方接近
不上升,下降,或
保持应有的迟疑
不穿透抻满纸牌的左手
向你眼神中诡秘的焦虑眺望

在那女王权杖的正前
你的嘴唇呈红色倒三角形
你说吧,由你说出
那一切

2015

玩具

那一枚毛绒玩具终于刺穿你的钥匙
制服了你硬如金属的冰冷似铁
与你一同紧踩油门的武器横辇过马路
你们在闹市区二十里狂奔如泻
像野猴跨上战马不逊的嘶鸣
过往的胶片灵魂般被药水再次浸泡
那些夭折的手稿与私信秘谈的截屏
一如铁钉锲入肮脏的木板旋即腐烂

我依旧
　　　　被迫在醒来时挤弄着药丸
星期一，就着缺糖的稀粥果断地吞咽
周末开荤，闲来也在公共浴室蒙面夜行
拜别了告诫与规训的你仿佛挺立了腰杆
但也忘记了拖走你谢幕的拉杆箱
你从银色远航的机舱空投下
　　　　　　　　一段历史的虚情

远望地球另一际,人们绝望地攀越楼顶
仰望流星从弧形的人世匆匆闪烁
不也像你日常生活里
　　　　反复着无数回言辞的闪烁?

2015

壮 游 图

之一

半山腰上，一条溪涌像被抽湿的棉絮
      拧出几滴捉襟的泪
燕尾在屋檐下低飞，血压，沿着电线攀升
车队盘旋
  天空下
    疾舞雕版纸钞，火烧眉宇
碳烤的蛛丝马迹，被拐杖的黄花梨
      一点点熏黑
水管冒青烟，马达自转，过滤青黄砂石装置
散架的飞机
  轰隆隆——驶进半天黑前的深海洋。
硬伤的花木模拟心电图，突突，涂涂涂，
活脱脱将球径绘成一座拱形山，
      花莲七星潭。
貌似那喷火的水枪，远程喷捣蛋，喷干
饲养的花洒，喷粪，
   喷宇宙银河，
     喷，孤独责难……

巧妇无为，苟且旁骛，且慢滩涂沼泽湿地荤腥
雷雨强暴公摊建筑，巴士摇下——
　　　　　　　　铁杆手臂，拆那里！
几条鲶鱼清水游，邮轮的一半尾
斜依着趸船上俏皮的轮胎，意外但也翻晒。
超市门前伙计张贴的失物认领，
　　　　　　　是否是
　　　你赶忙遗失的仪式与零钱？

之二

房日兔星夜疾驰的,以梦为驴,
　　　　他挂上个倒车挡,一个推杆撞入了
　　　　　　　　　　美人涧,
巧遇崖顶腐锈的锁链。红缨捆扑盲乱噪音
剽窃曹雪芹。
　　　　山顶上,众僧齐敲着金铸鱼
　　　　饱览群峰巍峨的光秃。
站前广场,远行纪念孤独症,纪念他意已决
一滩血。他胸腔的胸闷宽阔了他的胸襟,他
　　　　　　　　　一腔热血?
写诗,
　　即是写镜中的夹缝,
　　　　　　　　涌出一坨黑暗浑圆!
有一年在瑞典哥特兰,两座巨大的礁石
耸起观海的探照灯,
　　　　怂波罗的的比基尼
　　　　　　顺手
　　　　　掐

      走光的电影。
但在他的祖国，烂尾楼身患阑尾炎，
占地的耳垂升上动漫的云霓，
       "且行且演戏。"
变节的前奏，私奔，拐弯，岔气，
冒病变的喷嚏之险，往少女的脸际描圆。
他削尖了铅笔做派克，派木头的残屑
       刻孤舟的蓑笠。

之三

神游……公海上抢建的直升梯。
　　　　　　　　　　银行暗箱
暗藏了一对忐忑的你他。
　　　　　　　月之下弦紧锁
　　　　　　眉骨的阴云突变
月的余光，洗濯他之肺囊。他强加的筹码
蹍破了你的乳房，去你群峦上
　　　　　　　一览万有的地平线。
脑门后有颗小行星，恼人的追悔，坠毁
在
　空山不见人。复带你去逃遁，翱翔……
博洛尼亚，西门町，巴黎，(墨尔本)，
那里
的拱廊荫蔽了天日，解了雨瀑的千古愁，
　　　　　　　　　　　万古恨。
沙洲上，水芹的曲线勾勒暴跌股指
指派权力的公粮，
　　　　　指尖抽血的实验，

指它稀释一点浓稠的血浆，如杜仲一般。
从教堂的——
　　　　　　玛利亚避雷针尖顶上回眸，
大地仍在你靴下，那豹皮的斑纹
　　　　　　　　　乃是搏杀。
清晨，沉默村庄披上一层波斯的薄纱，
轻雾轻轻沁过轻盈晴窗，
　　冥冥亦似一轮酷斜阳？

之四

催眠……
    神秘的巫术尺度
        借重戒尺之厚
遨游故国的领土,文物,亲它的墓碑与
        铁证。
铁(钢铁),钢筋,钛合金风景,
 变奏无节制
的主弦,唱话筒3D假声,
    唱5A地质公园与集体乐队。
且慢,且用词语筑岸,
       造语言的谜团,
——玻璃钢化的肉身
造它僭越山水的动物世界,
       受训于
  偏爱告诫的苏格拉底。
峡坝的阀门隐身湖底,现身戒备的森林,
遂借节日的艾草熏蚊帐,借盔甲的昆虫
    冲泄他的金融防范。

公路搬运,铁道搬迁,磁悬浮

表演必杀的绝技,

举家迁往必然的哪里?

频道雪点时代的荧屏

　　　　坐观猩猩辩论,坐观非人的辩论,

　　舌尖婉转地吐火,

　　　　　　　　吐唾沫火星般横飞

吐槽,也是英雄勇往的咏叹!

之五

  泥泞的河口。迷魂阵拉长圆腔的短调
转发鸡汤剩余的微信,
      以它堵塞世界扩音器。
代词滥充代数,扮精确地计算分秒与坐标
形成一个微积分的——深不见底。
迷茫……云雾罩,
    超验的现实
       终不敌泪腺冰河。
山谷盆地间的海洋公园,海豚裸身出轨
一枚驯兽员她用移动终端窥看地震波
她黑色脉冲的高潮骤至盲点。
她慌忙的失色,慌乱地出镜,
      出淤泥而尽染
但,世事也不绝对!也凑巧有粉藕
      断私连的众叛。
所以另一个她私奔冒险,
  抱奶茶的闷罐他嫁?
抱苦悲佛脚向草茆的一踢!

苦闷地,坐听群蛙与电流的合鸣……
鱼骨　也从水中离岸,
　　　　　　　　探出滚圆的双脑球,
混进海鸥舰队,破浪的
　　　　　乘风,
无肉的刺身,乘机做垮掉的春梦。
来自泥泞的河口的茜拉,
用黑色头巾裹着半脸青春,笃信她的新唱片。

之六

陷入对峙的——机关万重的警句,
        并以减法
为其完成一个中心自我的修复,并
因其沉默而赞歌。
在与地球
    互不推诿的贸易中,直线弯成
      神秘的曲线椭圆。
因此,需要一段街角抵制吆喝的秤杆,
将沉默合法地捅破
     当然,也需要鱼贯前来承担!
将鱼线抛入纵深的太平洋,用化纤粉饰
他的武装,与他寺院深藏的浓妆。
迂回山海,通灵的
     耳语的占卜术
在叶舟上漂,对他的唇形,游移他之两手
狠命地划船,用帽舌勘探
      流水的余音绕。
神秘的……山水加速了神秘的幽潭,

还它峭崖的凿刻,一个不朽的诗的此刻
还明月照向松间。
  戴蓑笠的他撸起尺八
    奏长管微妙的轻喜剧。
在下沉的乐奏中,无妨谈论国家的造型
谈其勤修阔绰边幅,测量它的星座上升。
它的未来
  权由它的未来更改,或由它澎湃……

之七

华灯灿若星河,群灯替代了星群,点燃
        夜不落。
  旋转餐厅的丽影也是月中的丽人,
 是蟾蜍眷爱的远古。
病房监护重症的良医与护士端看着
病房外独坐翘望夜远的我。她拣来两粒
橙色药片,
    转身滑入一个反向的陀螺。
狭小的阳台,炫亮栏杆,
     向下滴水的虚假病服,
     向夜幕吞吐乳罩般的口罩。
切勿瓜分的脑颅
  如卡尔维诺之精密的芯片机组,
切分医院与翅膀的通道往返,
       切割红灯
远阻万水千山的双榆树。她就要来了?
切记切记,这里定然有一个——
    机械亘古的定律

一个关乎言辞的蹊跷,诗之玄奥
　　它替代了药份与阴阳,
采撷语言酵变的花母
借它之毒推演或分辨,一张显微镜下
　　交织的漫游图。
数日来,齿轮乏力,时间迟缓至不转,
只等远山送来绿色车皮,送来丽人的
　　……好消息!

之八

乘和谐的动车……慢于乘穷凶的高铁,
　　　蛇游般
穿行于蜿蜒高架,和填海填出的广厦。
　　自车窗外的风景的玻璃霉斑则慢于
火速倒退的网购物流园。
诡谲车身,其实也是一枚微软的阳具
机警地穿过东莞,也乘虚巧越了长安。
余美颜呢,
　　　　　拘役且当学艺,烂漫却是抗争。
她怀揣巨金的浪荡游,还不是纵身一跃
　　　——汪洋海……
轨道簇挤地铁,机车环岛绕弯,徒步
登尾气架起的仿云道,去广式天水城洗洗
　　　　　涣散的军心吧!
三五个光腚汉在浴池中撒尿也撒野,
举头扎公共污垢的猛子,
用花式花洒一边喷淋,一边自慰,
累了,就抄起水枪

横扫小伙伴们跃跃欲试的器官。
他们的半边屁股浮在水面，
像钓到虾米的鱼钩上，那鱼漂正列队欢迎。
游仙的鬼佬们，白天在国际会馆交易谈判
晚间插播按摩技师女声方言的规训。
好吧，是中式、泰式，还是日欧韩式，
皆不比病了就搓澡的郭式，郭氏，
乃是一名师法道家的——邮票设计师。

之九

往复的……绚烂在头顶飘,在发际
奏随喜的木琴里委婉的昨日,
      奏春梦苔藓。
散尾葵轻曳盛开的美臀,以舞唱它
的过往,它永不谢顶的绿。
远山且施嫩粉,苍莽如昔。
两个小人儿从幽径上现身,
      跳弹着雀步
他们的父亲戴残屑的蓑笠
在静电的纸卷上描涂一叶游失的孤舟。
一叶之茎——
  植物的肉弦,放射木声灵巧的 X 线。
一片蚂蟥与蚂蚱,
七八个花红泛青。
路边少年拍皮球的左手倏然发烫,
仍是他的父亲,
   佝偻如铁镰
  从稻田中——以掌取露,为之驱寒。

他父亲铆足了劲儿,一边吹响横笛,
一边吹奏口琴,一边踩着雪地
　　　　　　　　　拉二胡的长腔,
为竹筒里冻僵的米粒取暖。
那少年右手执一串水果状气球,在
昏黄的倒趴狮街口哭泣,浪荡,哭泣
他冒泡的鼻涕终于吹成一个欢乐的,不破的,
　　梦一样的……哈哈镜之圆。

之十

  鹅绒春暮,杨柳飘絮的

        京城雪飞?

解开阳台窗户的暗扣,几名售楼员男女

在社区长椅上机警地午餐

伺机热议地价战乱,客轮沉匿,黑人

        又走访东京。

两只喜鹊绕上雌杨树梢,用尖喙

       梳理着灰色羽毛,

一周以来,它们几乎不发喜乐之声。

手机陡增流量,pm 值监控着天云

  更甚者有

手指触发暧昧的漫游,

  长吁罢短叹,任满屏谎言缥缈的

       亦作雪飞。

晚餐烹饪,手指,尚能细心地

撮些竹盐碎末入锅,以混合大地——

       奇谲的腥泥。

脑间,仍浮现某一幕,或无数幕

推杯换盏，浮现……
        莫愁前路的扮嫩。
龙脊岭上，挥别松隐于逼仄的肠道，
一行游客举起自拍的神器
     排成长龙与那至尊的碑刻合影。
缆车却<u>丝丝</u>滑下……
  神农的群峰
    如刀刃 *切割天下天空*

之十一

手挽手，穿过窗户的玻璃栅栏，
　　　　　　　　　　　　街道
迎来脚底，树叶之声雨在阳光下
　穿梭，抖动。
　　昨天在抖动，疼痛抖动。
穿马甲的环卫工人他三轮的车轮
不再卷起花粉，胎印浅浅
　　掠过路面，树叶投下缝隙剪影。
他驾着车，向上半弯着一只手
手机努力地听从耳廓，听
筒中传来亲人音讯。
我们——
　　如往常登上
　　　　　人行天桥横穿马路。汽车
从钢板下驰过，偶尔国产笛鸣。
远望去，天空湛蓝立夏，似可练习。
卷舌之音，弦外之音，
　　　骨节瑟瑟之音，而用手

写哔啵之信。
鞋底摩擦抛蜡的地板,垂头于技艺,
操场上,运动员像风环形,穿过
空气凶狠,
     但不吻别。
依旧另一人,独自别过午间广播下
人潮涌向餐厅。
球鞋慢行磨出的水泡……正像他
缓缓抱回半个不辣的西瓜。

之十二

毗邻车站的
　　　　　反恐演习将一对新人
　　活捉
并埋进烟雾弹花瓣状绚烂散开的无敌。
离开回形排队区两公里,铁栏杆外的
　　　　　　　　柳树下
那记忆中的少年,头绑着一捆嫩绿
枝条,像游击队的小首领发号施令歌。
多少年后,
　　他来到陌生的城市广场,迎面
那捉拿假案犯的一幕,胡须
　　　　　　　　立刻冻成乌青。
　　一种旅行的方式是——
翻身至垣外,远走美欧,奔赴
侦探真理的正时光,星空有人悲叹?
也有人调校准星,瞄向你……
　　自认虚无的一击!
我们深陷其中,知道如何是好

又不知如何是好。
听呐,夜晚深埋在混凝土中的水管
哗哗地击壤,
    弯曲着流经
多少未眠人手中无尽盘玩的念珠。
  它迷魂的腔调
莫非是
鼠标的暗器中一头未被点灯的鱼摆摆?

之十四

亿万吨
    沉重的铅云压向他的片纸,像
不再完美的月球,推开阴谋重雾,
并吞吐凶狠的利斧无限反复地
         砍劈他。
他甚至以裹脚之布缠绕自己的趾头,
那羞耻的趾头甚至也抗拒。
  他于是遁形于地底,以土行之计
愤怒地
      暗算自我。
那一刻他切开他的肉身,
他将泄气的药丸倾倒在泥土中,
最终,他兀自悲叹,颓然又绝望……
凝滞的夜半,转乘出租归来的
       宿醉魅影
慌乱中将身体丢失掉重心。细如雨丝
的歌声
     一片树叶但吻一片长髯。

他一定也忆起了某座山野间,
如同的叶之声线从透明蝉翼下
　　　　　　　婉转地脱壳。
相比短暂而窒息的爬行,他也会回望
——回头凝望记忆之于脑门的
一记重拍。慌乱也令他曾丢失过
绣花针果断刺痛的衬衫。于是他倒带般
将沉重的铅云藏纳于片纸的污点。

之十五

迎着光线的大厦升降机玻璃上
　　降落伞在低处飞。果然,有人从梦中
往大海跳伞,往错落山岭
　　　　　　　　和波浪绝望的边际线。
黑色云层眼望不到穿,
　　　　　　　浓密且变幻着
从舷窗外缓慢地倒退,反射进刺眼的光。
被收拢的身体紧挨着人行过道,
起飞前,有人从机舱尾处走来
　　　　　　　　一只手飞快地
　按动计数器,那"咔嚓"的机械声
与邻座老者粗重的喘气声混为一种。
没有人会减少,
　　　　　　会半路丢失
在旅行中忘记自己和他人的行李。
国家危机令人们个个都像投降者
　　　　　将双手举过头顶并慢转身子
有时也解开皮带,或脱下长靴。

在不同情形下,有不同的应对与
　　　　　解决安全问题的方式
——有时,他们身着便衣……
　　　　借茶汁规劝。
离目的地越来越近,何时才是尽头?
离巴黎与波士顿也越来越近,
离偏远的北部乡村呢,山顶上木筑的房屋和
无人过问的路,那树杈间自由攀越的松鼠?

之十六

迷途折返的……
    一滩水洼与峭岩
山顶惺忪隐现禅宗的庙观,时而又连忙追赶
那满地蹊跷的幻觉?或由幽径中钻出一尾
        巨瀚的蟒蛇
它抖空的麻袋蓦然翻身,竟翻成了绝对——
沿袭陡峭的岩石与侧岭,它向世外的宫廷
  横看,演习,爬去!
某年某月,当他正值年少,那大德高僧确曾摸他
轻狂的脑壳,且赐他法号:旨修。
峭岩旁
  半棵松树号称千年古,正派正襟地危耸
骨子里,潜伏起一股进化的两难
而它另一半,
     则被迫移去了电视播报法制的荧屏。
而依旧有人受难,受难的同胞,荒林,
    动物垂死的世界,与山水糜烂的自然。
他们或它们,也依旧作亡我的挣脱

也像年迈者步入天命,在他故乡——一座
名曰"望山"的山岳,撬入坟冢迸射的青烟
为了冒犯语言,也阻止语言对自我的冒犯
他们或它们,也伪装互助团结,
　　　　　　　　　　　沆瀣一气,
在土渣夯实的墙垣上描字画圆,
对着崇山峻岭或万里江河,咏叹、讴歌:
美好的时代真就要来去了?

之十七

像海的湖,也向海——它向大洋彼岸
投去一瞥惊鸿,向更加神秘的东方星系图
　　　　　　荡去湖水腌制的舢板
但它同样巨无霸的潮汐,却绝不
裹含一颗盐粒。它的后浪也推向前浪,
也将前浪扑往后浪窥看的沙滩。
　　我们赤着脚
　　　　　　　在稀软的沙子上游走,
相看每隔几十英尺或百米外,年老的或
年轻的情侣们在胶毯上交谈,嬉笑,拥吻
几个独身者涂抹着滑腻腻的防晒霜,
手臂上的皮肤天生多毛,多痣,且多脂
他们健硕的肱二头肌
　　　　　在湖面乱泛的波光前抖动着,
像水鸟裸起羽毛——上下翻举着翅膀时
突然抖一个机灵,在湖水中暗地编织起渔网,
并从浪隙间
　　　　　支取它们放大的权力和鱼腥。

沿着漫长的湖岸线我们继续走着,继续并肩
踩陷稀软的沙子并躲闪于零星走失的鱼尸
　　之间。
　　　　当我们走出沙滩,返回毗邻广袤湖泊
的城市丛林,并抖卸掉藏纳于鞋底
与身体隐秘处的细碎沙粒
方知,那筑于湖岸近前坚韧的防波堤
早已在人群内心,筑起更为紧固的潮汐

之十八

我们驾驶着临时城市越野赶往郊区
将裹着松香味的二手沙发床拆卸，叠入
车厢，搬回我们租住在萨莫维尔的房屋
将零散的物件一一拼合，然后掸去旧有的
灰尘微粒，坐下，将绿茶沏好，放在周末
捡来的矮桌上，双脚轻踏着减价买回
　　　　　　　　的崭新地毯。
我向你展示过徒手一人将沉重的
　事物搬上或搬下旋转楼梯，
　有些东西实在不能再便宜了。
再过几天，我将暂别，而你将继续。
　所不同的是，
早餐的低咖啡仅需冲泡一份，但午餐不必
再做，下午你会独自在沙发上工作，喝几杯
自制的苏打水，间隙偶尔走向几扇窗户前
抚摸或修剪植物们新长出的枝叶，当靠近
　我的书房
你会撅起小嘴儿，抑郁我此刻并不在那里！

尔后,又无奈转身,继续埋头

        扎进液晶屏幕。

 去北边威廉姆斯小镇的道路与你的诗
在记忆中同等清晰。 汽车的混合动力
将风景与词语搅拌,维系着我们的沉默
或语言。八月的麻省往北,树叶如虚拟般
开始渐红

      并果然越向北越深。

为艾莉娜·古德曼小姐而作

之十九

必须绘制你父亲——当穷游的版图因你
及至美利坚,哥伦布,布伐洛。
  这年迈、清瘦但矍铄的智者,
他确曾爱你有胜于我,你则爱其亦然。
我曾努力从相片中反复辨认他
远程的轮廓,
      杜撰他声线回萦
拟想他之神秘与威严:温暖如往世至亲!
他之经历的
燃烧,流弹,逃亡,饥饿。在柏林,他
  从他母亲手中
  飞出二楼的窗户
他所接受的教育以及他教育的他人,当然,
这一切更无时不包括着你——
父亲,曾经或永恒给予我们任何。
  同样在哈佛广场,我也欣然弯身,
从某处不起眼的砖缝中拾起一杯镍币
并交给了你,你与你父亲也那样做过。

第一次见他，我忐忑，羞怯，又满腹敬意
且多想用我自己的母语与他攀谈，
向他请教数学，宗教，与生活之种种——
    我那时像极了头生涩的小鹿吧……
当我们暂别，犹记你父亲微微低首，脸庞
斜依你的发髻，双手漫过你柔软后背，手指
缓缓地，轻拍出优雅节奏
    ——那也似我记忆中的摇篮曲！

为尼古拉斯·古德曼先生而作

之二十

波音踏尖大气浪层末梢
       云翳与雾霭纠集的
      灰褐暗流，隆隆声
欲震泼稀薄汽雨，
        它伸开双翼亦如飞人般
有时，它们两两伫立，向云絮捎去致意
  京城且在它胯下，似蛟龙
以光速箭影倒退，那盘踞于其上的
垂帘，
   裤衩，
     宫殿，与革命军事博物馆
也尾随它，在狂飙后减速降落的
        僵持缓冲下
遁入城市荒漠，气流卷翻扬尘跌宕
风沦陷，风遗弃了星河的火轮，
人群——则遗弃过那作用于
加速的齿轮，
       在反向中卡壳。

大地越来越近,清晰至得以望见

废弃的枕木堆中白蚁的寒骨;

京城越来越冷,柳枝荡来

       一季闷罐的夏天

人群陨落,航空橡胶狠狠擦过

        国家的耳垂

五金店里,一瓶硫酸冒火的汁液

   侧漏出空气惊天的秘闻。

之二十一

黑夜垂悬的明月穿透地球另一端
　　　　　　　以太阳更替它的如往
　与它的星云颠倒
往结绳一端系住他的前世，倘若有前世
将结绳穿过并穿透大地引线般穿向你，
在地球的另一端，
　　　　　　握紧结绳的那一端
握紧同样冰冷的月球之光直至
　　　任它唤醒焕发他的寒光与白露
而向你传递，
无论你身在何地，无论春秋魏晋冬夏冷暖
遑论无论，但求普度温度永恒致远
剪不断电话电线通讯繁忙的夜晚与白昼
剪不断
　　阳台上
　　　　　瓜果无限藤蔓的循环伸延
你从短信传来你的音讯，
他埋头察看，埋首于液晶日盛的粉嫩，与

　　　　另一个半球上群情荡漾的花蕊之间
你含着泪
　　　　执着于含着泪滴舔卷泪珠儿串串
你暴雨风雷参半的半球，被雷声参差震醒的
仿木墙上滴答旋转的时针正缓慢弯曲变形
且回旋于他卡壳的自我的时针
然他另一个半球上——
　　　　　　明月巧照着仿古的你他

之二十二

风景如被虚构,挤压,被黑暗丝丝环扣
　　或则更加黑暗
你我之所见,如被虚构的日月掬套着光环
在宇宙中,它像电波层染推开渐次浪晕
高速如动车滑行
　　　　　　　埋伏于电波的环形辐射中
少女即是风景,
　　　　　她从旋转木马前失踪的日夜
搬来无数个飓风下梦寐的稻草人以救命
武器救赎了劫掠的现实,
集体的现实是,风景——
　　　　　　　　　在黑暗中垂涎于更黑
风景自有一个魔咒,来自一个庸常的
节外。
边境线上,另一个魔咒伊博拉无奈向它
阵线的营地游去,它绕过世界的
生死检验检疫局
　　　向它自我的生死凶狠地游去

那里有一个心肌绝对梗塞的中心，
人民调解员手持高音扩声器
正向他的人民游说，他手中绝对权力的
话柄像要宣判一次伊博拉的死刑
边境线一侧，动物或志愿者充当了
多少次死亡轮番的祭品。
少女啊少女，她掏出银色钢铁长笛
　　　　　　　奏那不复完美的短歌

之二十三

几只橘红色皮艇与三角帆
扬风
      在泛着鳞光的
查尔斯湖上游荡,这是临近夏季季末的
某个正午,
两个人影儿结伴,
途经剑桥向西北城市中心移去
桥面铁铸的栏杆上,一张人工织毯脱了针的
拖沓线头向湖水东逝的方向左右浮摆
  它也神似那张手制的印第安挂图
太阳有时会全部罩在他们头顶,再从
他们的帽檐往四周泼洒
       多余的光线。
他们的鼻尖沁出微许汗珠,在阳光下
晶莹,剔透,有如两克拉钻石
       那么重!
倘若止步仔细凑向近前,
会彼此看见另一个人放大的瞳孔,变形的

鼻子和半张脸

它们在钻石间欢快地弄眉,歌唱着爱情

恒久的三部曲。

午后街道行人渐疏,

咖啡馆门前一侧低矮木阶上,一名流浪汉

左手垂悬,右手的两指钳住一截

发烫的烟蒂,半条腿无节奏的抖晃着,抖晃着

之二十四

九月一到,每来清晨,自西向东载一名
六岁女童慢行驱车赶往山谷中的新校园
途中,必经一条车流拥堵的直线,
一个十字信号灯口,与一架人车并用的
立交桥
　　桥上,各有行人、单车和三轮川行不息
汽车在国产油站与路肩交汇处一俟右转
前座立即迎面亚热带秋日
　　　　　　　延时刺目的晨光
遮阳板压扁了视线,不能顾看省道两旁的
群山,公路右侧几米开外,密集的铁丝网
以南是港界,更南处,山坡上潜伏的
绿皮哨卡有如猛虎静卧
　　　　这里,也确曾涌聚过多少偷渡客。
　也不能歪瞅潜伏在绿化带间四季长红的
三角梅与进口采购的摄像镜,
视频会伺机在节庆时段抽取超速的
快客权作违法的标本,顺便,

也为协警与防暴队员
　　　　　　　　谋取一份福利的快餐。
道路短暂,车速哪堪迅捷。返程
又将遇来另一个早班的狂潮,隧道中
奋力钻出的车流猴急急似末日病变的前列腺。
公路一旁,摇下车窗即能瞬息望见警局
雄壮的门梁前,偌大的国徽星光闪闪
夹杂着浓密尾气的混合气中,遥遥传来
山谷校区旷日持久的广播曲。

为十二年后的辰分而作

之二十五

暴雨孤独地

  洗刷着邻居,小院危墙边坡下一辆跑气的粉红轿车瘸着腿,雨刮器涩涩地抹泪。

    雨下得分外焦急,轿车来不及掩饰它的哭泣,它只好在雨下超验,借边坡的引力

      获取额外的保险。邻居在伞下低头,他跋着一双人字拖在水中踱步,在湍急的水泽中摸自己的脸,

    看它恍惚间被雨点击皱。引擎发动的天空阴沉着五官,迁怒于嬉笑它的大宇宙,

      好奇它中心的滂沱远胜过自我的排泄,

      它依旧不轻信太初有道,遂又狠挤它暴涨的雨泪。

邻居索性扔掉了伞具，拧干汗衫
他的指纹残留于绸布与衣冠的正反，
且将低头依旧的狐疑
　　　　　　　充公他抱恨的遗产。
瘸腿的轿车向天空耳语，被暴雨冲积
的天窗循环开闭着，那熄灭的轮胎
此刻已洞穿危墙的另一边，那里的
隔壁传来别人家三两声干咳的犬吠。

之二十六

自三面环山的一道风之豁口向海望去,海
如一个梯形倒扣,如一只蓝色海碗
在山的翘望中起伏,波动

　　　　　　　　　风吹在阳台
不锈的栏杆边,吹动你紧咬前额的发际

它偶尔蹙紧眉头

双眼在玻璃后微闭,挤出沉默片刻
风又扔过门窗,徐徐吹翻你

　　　　　　　滚起花卷的英汉辞典
富贵人将茶香泼染的木架推进你的书房
你则将如山峦层砌的杜少陵一排排比成
海的蜿蜒线。
那狭促室内单人床蓝色的床单
倒像是另一个山之阴南或海之玄奥
它曾哼唱着蓝调,将你暗室的矿石与武器
比作少女的初夜

　　　　活生生献给一位纯真少女的蓝裙
青年们结队绕行,从上海绕来海上的山巅

他们抱团见识了港产丰饶早餐的大片——
你自切的面包，欧陆范儿芝士，佐微涩的
咖啡，搅拌两大传统的阴影
什么？每天提两个半桶水竟扩容了你的肌肉
有些人，谈论，也是浪费日渐稀有的山泉
不信，你问问荷兰金发的那位中国诗人
天有风云不测兮，人有悲欢傻缺

为黄灿然而作

之二十七

　　他们为风取一个鸟的名字,把海水提进
半裸的阳台,往浴缸掺撒盐末,将身体
锁入抵抗牢狱的铁笼。

　　他们遍拆旧居或庭院,建造簇新楼宇
透过摩天大厦的闭路电视监控兼问好他们的
旧友与新邻。

　　他们发射卫星,向无穷远的另一个星际
散播和采集物种的资讯,以此向他们的同类
展示自我更加膨胀的文明。

　　他们呼唤和平,也屡造事端,把种族、
边界与矿产作为烽火的起源,他们往往让
同胞饱受愈多的变数与死难。

　　他们在别国的土地种植桉树,让那里
肥沃于他们祖国的土壤被抽干,裂变,
用如雪般惨白的纸张记录他们更替的先进。

　　他们在城市的乡村建设核的电站,
将排泄的辐射比作舍我的实验,将命运
托付于透明的试管。

他们复制文物,批造假药,侵略路桥,
流水式灌装三聚氰胺,从深浅不一的地沟
捞取石油与食油,为彼此的命运配餐。

他们批判总统与议员,集会街头宣泄
愤怒与不满,似乎还曾往台上扔过发臭的
鞋底和鸡蛋。

世界是一个方圆星球,在宇宙中
发光,运行,自转,直到有一天。

之二十八

黑暗在夜色中垂头,似路灯与坠落的
星辰身披斑马的睡衣,不远处,山顶上
零星飘来碎雾,缠住那人的假发
雾愈裹愈紧

        直至他迎面与我而遇。
我们相互低头,不发言语,距离又
旋即拉开,朝各自转身的原址移去。
依旧有人走过,依旧目视眼前
依旧低头漫游,也有人挽手结伴
  间或一两声沉闷咳嗽。
儿童们渐入梦乡,

        世界划入虚无。
  渐渐死者从这里进出,
他们神色滞重,脑壳悬浮于身体以外
模样酷似呆鹅,但也如人字一般
       直立地行走
他们的步调显然更为迅速
有时小跑碎步,又时而驾雾障腾空鱼跃

有萎靡者，也略显步履蹒跚，气喘吁吁
他们作集体之邪恶，吞吐诲人长舌
用或白或黑的风批裹紧若无的身体
在人群中长驱直入。
没有人是清醒的，戴假发者卸去了面具
独自低头或彼此挽手者陷入那死的沉默。
而一切，正是我与儿童之梦——
　　　　　　黑暗在我们四周汹涌。

之三十

隔岸人声鼎沸，河流穿过群峦之腹
水位尚高，只一朵祥云兀动，
　　流水且静观它的投影向下游暗捎去
一点滴温度片刻。
河流也毗邻海湾，若干个关隘由内陆
通向九龙，环岛几辆巴士与结队的
集装箱并驱在肠道飞驰，车厢玻璃上
疾速倒映着
　　　以往前进姑且后退的道路与旺角
它的凸形后视镜也更加
　　　　　　收缩了新界的里程。
几次秋后，两地牌保姆车将旅客
送往国际机场，从那里过境登向戴高乐，
莫斯科、东柏林与英格兰，世界之大，
大于铜锣湾。
掮客们互通有无，拎三两架脱锈的
手推车，从上水搬来日货奶粉，
时装 A 货，和尖沙咀本地盛产的保婴丹。

教会医院也曾一度告急的加床位
横陈在走廊中
　　　　　　迎来送往过多少新生命。
好坏我所相识的几位港岛故交
一位男诗人撤去了大陆海端的洞背
一位女歌者携一双儿女求学中环流连忘返
那对中西夫妇久居在南丫岛上操练着词语
还剩一条妙龄女，中途改嫁又绕去了台湾。

之三十一

    你镜头中的树叶正漫向院外
倒映在建筑事务所打滑的墙面，
远望去，玻璃荡漾如琥珀水纹。
爬山虎也穿上了颜色渐变的秋衣
绕往邻居的半裸露木顶。
而此景象，我却多年罕见，
这亚热带城市的秋季已被赤道果断屏蔽。
我设想——在那间不够宽敞的小书房内，
窗台旁休假的打印机上，有一只蓝底色
地球仪，它因其精致
      而不必占据过多空间
它的文字则由英汉双语构成，
国家之土壤与边界，能依赖于
倾斜的中轴旋转或自转。
它可以被任意迁移，从书房搬去厨房，
我或者你，可以随时指认他者的家园。
我们能一边浏览新闻网站
     —一边说出——

哪里有可能打响战争,哪里
又爆发了火山或空难,哪国的领袖
正瘸腿混淆着视听,哪里的人民
貌似也在集体游行。
地球的地图
　　仿佛能便利地攒于指间,由我们短暂地
模拟或把玩。惟那仪器的中心已被掏空,被
遗弃,且将黎明推向延时的另一端永恒夜晚。

之三十二

时间拖拽它松垮发条,
夜晚又迎头白昼,脑壳似蝇头急转
无主意的每天。胶片倒挡
　　　　　　　将过往升至动漫的床幔
将睡眠逼入一个拧紧的胡同,一个不觉
浑然的幽洞。
旋转记忆中的那个超级市场,
我们
　　斜挎着塑料提篮,从货架上搬运
果腹的零碎,
　　　　　　　面包圈套住黄色杏仁,
旅行浴具又反复采购了几遍。
汽车仍将远行,发动机轰鸣怪兽般
诡异的笑声,像坚果崩塌了牙龈。
另一幕,空山新雨后,
　　　　　　　我们挽手
在结实的大地上慢走,坡下的狗群
如豺狼狂吠,以致噩梦粘连着背包

紧咬住
    你的发箍……
星期二早晨，窗外，蓝色垃圾箱
排成一列歪扭纵队，回收
仪式的礼拜天——你递来几只湿滑西梅
将比利时 chimay 倒入水晶杯具
是夜，我果真酣睡如泥，
    醉卧在沉重的美国。

之三十三

工人之家影院二层，楼顶庞大的
避雷针钢管上，横亘着一南一北
    两只雄壮的喇叭
像两只鸡冠各自伸向厂区与宿舍
空气中，常年弥漫着强烈的碳铵
与尿素刺鼻的呛味儿。
喇叭声威武地循环播报工会通告
  我父亲
身披一件黑色大衣缓步从销售科
往回家的方向踱来，呢绒上
沾着零星几片雪花的颗粒，它们
隔着绒毛的温度尚且来不及溶化
模样似从蛇皮袋中失措
      抖翻的
一摊氮肥晶体。
快入家门，我猜想这个梳着毛式
大背头的中年男人，午饭时仍会
烫一壶散装白酒，与我母亲相互

交替眼神,唠叨些不顺心的闲碎
照例,也会询问起我们的成绩单
那时,岁月平淡,时光总是易被
计划的经济分解成化肥的碎片。
很快,国家开放了几年,我父亲
也下岗了,提前领上一笔微薄的
退休金。　　　又隔几年
父亲悠悠南下好在了伟人的南巡。

为父亲而作

之三十四

早餐用毕,面包切片的残屑
　　　　　　　在齿缝间如鲠。霜雾
挤上窗户,反复擦拭着玻璃,刮尽他
曾涂抹在秋季灰尘上的唇痕,一条
绿萝嫩枝婉转地弯腰,捡起他口中
　　半截燃尽的副词。
夜班车上他半梦半醉,甩手将狠心
扔进电掣的铁轨。广告牌前,远山
独自拉拢湖面,´将乡村黑色飞檐
　　　　　　　　揽入虚脱怀抱。
风物不近人情,
　　残花不问脸颊,
大地不拾稻粱,
　　工业不授不惑。
哦,不惑,他冥冥不惑于他扁塌的车轮,
那轮胎下遁形于暗夜中的一头家犬,
那仿佛半野的土狗,
　　　　　　缓缓唤出久病的轻咳。

几日阴雨铅云下,另一座城市翻天蜕变,
教堂尖顶倒插于心肺
将他胸腔与颅内的血液提前搅浑。
他貌似从瞌睡与晕醉中醒来,
遍身如剥鳞般疼痛,
  如他暗中埋伏于体内的剑刃
正刺破他青龙的纹身。
他也像一只出家的野狗,半卷起放浪的蛇信。

2014

短　剧

短剧

给蒋浩

月亮在奔跑的玻璃上滑舞
夜色淹没长安,空姐退役
末日非瓦片,但派对空前。早起的人
口干舌燥,胡茬上擦着篝火
黑色幻成粉红飘带,故人由岛中飞来

此地不是旧朝,不穿青衣马褂
路牙坚实,隧道短,飞机在头顶乱窜
记得去年,一支塑料玫瑰误识美人来迟
而今所到之处,皆有龙舌兰
衣领竖在别人的颈项,秋冬不辨

两个世界,无边镜框后眼毒而深邃
有时,我奢望回到古代
长安城外,一个箭步,又错回椰林湾

2009

短剧

篡夺,分野,口齿乱牵涉,
宠辱不惊,急行军,夜嵌坟。

社会温润耳喉,流言煞器,
鹦鹉长舌妇,榴莲滚瓜烂熟嗅丑闻。

波音747,降落伞暗渡蝙蝠,
机翼抻平农园劳役,土建席卷。

爪哇国无疆,地平线倒悬红日半轮,
一旦,血液渗湿隼脸,剑眉怒张。

风气自新世纪,课堂豢养碌碌,
机器仰俯消防铁臂,水自天上倾来。

2010

短剧

农夫:你即使浑身爬满梯子,也无济于事,
　　　粉刺包裹的内心终将坠成一滩沙石。

(……啪……啪……啪啪啪……)

农民:犄角泛滥。存钱罐。再见,暴君!

2010

短剧

囚禁却令人获得。山滑向一侧,云和水也是。
秩序的判决更倾于沉淀的重物,
有时他被割开,内心的毒瘤关乎意志脱落。
因此他反复背诵真理,直至人群渐散,大风起兮。

2010

短剧

我在狱中,你在世说纷纭间,在他国的城池乱石飞泻下。
我在背诵,雨滴自窗外穿向冰箱夜半苟同的轰鸣,
布衣拾掇前朝明月。你辗转一寸,抱困惑的江山
于慵懒怀中。黎明,祖国的班车提前来到交迫车站。

2011

短剧

两滴酸雨之间,两枚决然的镜片
窗外人影晃动,床下吆喝蚊虫
天气自生惆怅,阴云不解反锁的野心

颓废了!且让我环抱疑团,松垮肉体
背叛孱弱神经。瓜果在园中游荡
沾满月夜斑斓腥迹,军队向西一宿

凌晨,公鸡沿着螺旋阶梯兀自打鸣
一绺翩翩妖娆粉红鸡毛

2011

短剧

一绺蒙贬逐的欲，一地频频沸腾的雨
一阵夏风喊喊，一月望去无垠的边际
火烧向黎明，私奔向菜市，车堵向心
不日，横行店招必将乱于愁古的新路。

2011

短剧

你的敌意犹渐,野茶泼似石瓢的卷心
你的节奏,如我几度夏晚的愤
罢也罢也,你的绳索,放慢
放慢,再放慢,你的解决,关乎
速度被消沉,更关乎教育之野心!

2011

短剧

动物们脸现奇异之光
灰色如同黑黯
它们怀疑自我
正成为那人群中的一员
那残暴,凶狠,掠夺,自尽。

2011

短剧

必然的反对。必遭如雷的滚滚倒退
愿他膏药与板凳,他必然不动声色
他的踉跄,乃是冒玩物之险捆了他
一根被抑制的神经。他再倒退,便
　　　　　依然前进

2011

短剧

天空灰暗,阴霾穿过浅绿色玻璃,
那是被钢化的玩偶在云层以下暗自迸裂。

街上,汽车呼啸而过,
像是地震就要毁了那已完成立春的一劫。

2012

短剧

时间在返潮的地板上莫名亢奋,
接着,他的一只皮鞋飘了起来,
另一只捂在黑暗中。
风从双耳强行灌入,
林中的小鸟叫作一团,一如我心。

2012

短剧

那垂萎衰败的枝条一端,发黄的雨滴
黏带着潮湿的地气,瓦砾与铁丝冷漠地发出灰色的和褐色的光
是的,毫无任何声音,他安于这沉重的孤独,电流
湮没在巨大的空寂中,缠绕或盘旋。
他只是卸下盔甲,不与雄狮驳辩,不在
神鬼不觉的浑水中徒劳登往彼岸——完整的地球
为他凿开一道被无限分裂的两半,黑暗,正从另一端涌来……

2012

短剧

那里的狂乱炙烤着冰雪
两眼不发昏聩,震耳欲飞
凑巧,本地海鲜在远行的机舱中中了弹
换一轮明月光,离中秋骛远兮
去年你多愁善变,而今我思念
那里的父亲依稀枯朽的你我,他一切都好么
电话切断抚摸,劳动保障文化大楼的一角

2012

短剧

走廊黑暗的尽头,蟋蟀低吟,
风穿过窗户泻入它们集体的巢窠。
黎明一到,必将有一颗不弃的脑颅,
落入那被豢养的假武士口中,
日复一日,月落又啼。

2012

短剧

幕下的暴雨
淋漓面具
君人桥上暴饮
他们的子嗣
在西边,厌倦了奶昔
天际乃巧遇

2012

短剧

他也一样热爱运动,如同夏季被砍戮枝丫的阔叶榕
在飓风中,在黑暗来临之前,他脱下衣裳
宽大的树叶像手掌,连同锯下的繁茂四肢
他接受这样的酷刑,在体内最光亮的所在
夜幕割开了秘密,那肉眼所不能见的一切被揭穿
看吧,乌鸦正飞来,衔着舌尖谶言的利刃

2012

短剧

经过山川与岸,人们重回沉默的牢狱,光没入鲨鱼之腹。

这个奔命的稻草人,一如咨客扭动劳作的假肢,
他以无声对抗,用风制造无声,但借瓜果挥霍田园。
旅行的双腿赐他一个踉跄的恩惠,
只不过宿醉难醒,假惺惺也是泪。

铁轨向后退隐,不轻易落入那死海的圈套,
轻舞的车厢弹跳,轻轻一跃黄山与华山?
离别不知悔恨,相逢不如装蒜,飞机巧过了平原。
野火烧不尽啊,不掐那一缕春光不尽的野心。

2013

短剧

而依旧选择了沉默,
将卷边的细小嫩叶
含进溃疡的口中
以替代
    自我的唱歌

正派的依旧正派
披灰黑长袍
将烂熟的圆脸
滚进貌美口袋

昨天依旧不是今天
鼻尖上翻云陨落的镜边
金丝鸟雀毛般散开
渐露唇齿的鲜红与雪白

那刺耳的尖叫

怎惊醒电车上犯困的迟到?

2014

短剧

依旧是相隔,是分坐两地两种的台前
你握紧的筹码胜于你欲猜的拳令
你消磨长夜颓废,雄心也必使积郁平添
倘你亦知血管暗布下雷管
却仍任他满面鸡零,借他一寸锯断了的忙音

2015

图书在版编目(CIP)数据

句本运动/张尔著.—上海:华东师范大学出版社,2019
ISBN 978-7-5675-9903-1

Ⅰ.①句… Ⅱ.①张… Ⅲ.①诗集—中国—当代 Ⅳ.①I227

中国版本图书馆 CIP 数据核字(2020)第 002303 号

华东师范大学出版社六点分社
企划人 倪为国

本书著作权、版式和装帧设计受世界版权公约和中华人民共和国著作权法保护

句本运动

作 者	张 尔
责任编辑	古 冈
责任校对	王寅军
封面设计	蒋 浩

出版发行	华东师范大学出版社
社 址	上海市中山北路 3663 号 邮编 200062
网 址	www.ecnupress.com.cn
电 话	021-60821666 行政传真 021-62572105
客服电话	021-62865537 门市(邮购)电话 021-62869887
地 址	上海市中山北路 3663 号华东师范大学校内先锋路口
网 店	http://hdsdcbs.tmall.com

印刷者	上海盛隆印务有限公司
开 本	787×1092 1/32
插 页	2
印 张	7.625
字 数	138 千字
版 次	2020 年 4 月第 1 版
印 次	2020 年 4 月第 1 次
书 号	ISBN 978-7-5675-9903-1
定 价	68.00 元

出版人 王 焰

(如发现本版图书有印订质量问题,请寄回本社客服中心调换或电话 021-62865537 联系)